蒸汽波

郭继 著

时代出版传媒股份有限公司
安徽文艺出版社

图书在版编目（ＣＩＰ）数据

蒸汽波/郭继著. —合肥：安徽文艺出版社,2023.8
ISBN 978-7-5396-7415-5

Ⅰ. ①蒸… Ⅱ. ①郭… Ⅲ. ①短篇小说－小说集－中
国－当代 Ⅳ. ①I247.7

中国版本图书馆 CIP 数据核字(2022)第 006507 号

出 版 人：姚 巍
责任编辑：周 丽　　　　　　　　装帧设计：悟阅文化

· ·

出版发行：安徽文艺出版社　　www.awpub.com
地　　址：合肥市翡翠路 1118 号　　邮政编码：230071
营 销 部：(0551)63533889
印　　制：成都市兴雅致印务有限责任公司　　(028)81142822

· ·

开本：787×1092　1/32　印张：5　　字数：80 千字
版次：2023 年 8 月第 1 版
印次：2023 年 8 月第 1 次印刷
定价：65.00 元

· ·

目录

烧棕榈

　　邱虹洁找到我，要和我聊数学公式时，我正架梯子观察一棵棕榈树。那是植物园东南侧最高的一棵棕榈树，山棕科棕榈属，巴西的品种，很招摇。正常的棕榈能长到6米，它一口气蹿到15米，歪歪扭扭，叶子绿中泛黄，呈羽状，直接杵上天，又在极远的青空爆裂开。我踩着梯子，勉强够到树腰，剥开网状的叶鞘纤维，层与层之间都有白色的灰，一碰就往下落，惹得扶梯子的庄菲直吐口水。邱虹洁联系我时，我的手机落在书包里，书包放在地面草丛边，下面垫着两片芭蕉叶，手机振动没什么声音，还是庄菲敲梯子提醒了我。我从梯子上下来，嫌手太脏，往工作裤上抹了抹，留下潮湿的深棕色弧形轮廓。

　　庄菲拍拍手说："小何，你去接电话，我到旁边抽根烟，别告诉裘主任。"说罢，她摸出一盒万宝路，取出一支烟点燃。我不姓何，叫陈巍。她这样叫我，是因为我第一次见她时戴着军绿色的渔夫帽。我个子矮，一米六五，庄菲一米七二，穿着黑色露脐装，还穿高筒靴子，稳压我一头。我当时正借着帽檐的遮挡，看她靴子与热裤间的雪白。庄菲发现后没生气，反倒笑着拍我脑袋，说我像顶着荷叶的河童。我不理她，她又低下身子打量我，说我脸太臭。

我的手机上弹来了邱虹洁的视频电话。今早下雨，我和庄菲搬梯子，在单子叶植物区忙活了一上午。工作服在草木间穿梭，又被我各种涂抹，上面满是泥渍。我没同意，改成语音通话。

邱虹洁说："老同学，你终于接啦。"

我说："接啦。"

邱虹洁说："在忙？"

我说："给导师打下手。"

邱虹洁说："好久没联系，你高考考哪来着？"

我说："浙农林，学的植物保护。"

邱虹洁说："听说你考上研究生啦。"

我说："我们专业的就业面窄，好在考研没什么竞争，不少大学开设对口专业，名额年年还空缺，好考得很。我现在考到了别的学校，跟着导师研究植物形态。"

　　邱虹洁说："不管怎么说，我们这届数你最厉害。"

　　我说："别光说我，你的店怎么样？"

　　邱虹洁说："还凑合，我找你就为这事。"

　　我说："你讲吧，我看能不能帮忙。"

　　邱虹洁说："门市原来租的二楼，生意不错，一楼的螺蛳粉店开不下去，也被我盘了下来，准备改成学霸生活区，清一色理科生风格，现在装修得差不多了，就差在墙上写些数学公式。粉刷工已经请来，正提桶站在墙根，可不知道写什么，这才想到你了。"

　　我挠挠头说："不好意思，我学的农学，数学的事，还真弄不来。"

　　邱虹洁说："大学霸，不能想想办法吗？"

　　我说："咱初中同学陈霖洲，之前考到南审，前几天看他的朋友圈，他在银行做了柜员，数学肯定好，你找他，准没问题。"

邱虹洁说："我没他的微信。"

我说："我推给你。"

邱虹洁说："不要，我不熟，你帮我问问。"

我说："我回头问问，现在手头有工作，你现在不急吧？"

邱虹洁说："没事，我等着。"

说完，挂了手机。

邱虹洁是我的初中同学，毕业之后就没联系，可我对她印象深刻。她脸长，眼睛小，像是被刀戳的两道口子，人中分明，鼻子却很塌。别人的鼻子是山峰，她的只能算丘陵。邱虹洁称不上漂亮，班里却有不少男生暗恋她。我家在苏北，念的三中在城乡接合部，有些同学的父母从苏南打工回来，想打扮孩子，审美却不那么好。孩子上半身都穿校服，只有下半身可以发挥，于是，常有蕾丝长袜加橘粉打底裤之类的惹眼搭配。邱虹洁长得白净，穿搭也清丽。她腿细，长年只穿牛仔裤，绷得紧，几条换着，穿一年半载，只在膝盖窝处留两道褶皱。刚进初中时她坐我前面，我就爱盯着她。邱虹洁头发长，发质也好，头发用皮筋松垮垮地拢在脑后，两侧盖住耳朵，一直垂到锁骨下面。她坐直身体，我就假装拿文具，让手背蹭过她的头发，痒痒的，整只手臂都酥麻。

一些男生曾向邱虹洁示好过，包括我。班主任钱春燕却不喜欢邱虹洁，她是教英语的，当我们班主任时刚怀孕。钱春燕不喜欢邱虹洁，总变着法儿罚她。英语课前，邱虹洁常转身问我数学题，钱春燕进了教室，将课本往讲桌上一拍，先让她到教室后站着，还总让她一人承担全班的值日，一周一周地往上加。我一度以为，钱春燕惩罚她，是因为上课铃响时她总和我聊天，而惩罚她却没惩罚我，让我很愧疚。

某日自习，钱春燕突击要求大家默写英语单词。当时新学的是各种亲属称呼，我写完father、mother、brother，隐约记得sister没有h，思前想后，觉得不应该啊，于是把前面三个h全画去，交上去时，隐约觉得完蛋。钱春燕挺着大肚子，罚我和同样没及格的陈霖洲值日，又不忘惩罚邱虹洁。两个男孩扫地、拖地，聊起流行的三国纸牌游戏。邱虹洁擦墙砖，先去厕所洗抹布。我俩聊到孙策和诸葛连弩搭配会不会更厉害一点时，邱虹洁突然进屋，手拿抹布，上蹿下跳。她激动地喊道："孙仓仓，你们在谈论我的好朋友孙仓仓吗？"

我认识孙仓仓，缘于在三中有一帮好哥们儿。他家住在金色威尼斯，那是运河沿岸数一数二的高档小区，拆迁前和我家一样，也属于新盛街，不过我家是在破落的街尾。孙仓仓他爹孙德虎，原来在大运河淘沙子的船上做工，风吹日晒，人高高的，两腮凹陷，精瘦，后来在大运河沿岸开了一家宾馆。初三时，我和孙仓仓分到一个班，课间他常拿出一张房卡炫耀，说他家有一栋楼。我摸过那张房卡，表面的花纹掉色严重，上面写着"德虎宾馆"，下面是一栋小洋楼，门前栽着两排迎客柳，背景是俯瞰视角的京杭大运河。运河像仙女飘荡的缎带，从背后缠绕而过，还闪着金光。

听到邱虹洁激动地喊叫，我才知道孙仓仓是

她朋友，心中难免失落。陈霖洲摇摇头说："我俩谈论的是《三国杀》里的孙策。"说完，门外又冒出一人，比我高出一头，圆脸，短头发，小眼大鼻子，戴一副蛤蟆镜，穿蓝白色的阿迪达斯外套，帆布材质，走起路来呼啦啦地响，此人就是孙仓仓。他逼到陈霖洲身前，鼻头顶着陈霖洲的脑门儿，说："你注意点。"又瞅我一眼，转身拉邱虹洁出去。我这才知道，他一直在教室外头。从那天起，我暗度邱虹洁也不是好人，与她疏远了。后来初三分了班，我与孙仓仓相熟，却同她再没有交集。高中时，我听说邱虹洁辍学了。毕业后，我和两人都没联系。两年前，邱虹洁加我微信，我也没跟她聊天，只看她的朋友圈。邱虹洁职中毕业，被分配到骆马湖畔的职工幼儿园，做了两三年幼师，又嫌工资低、离家远，辞职到新盛街盘了间门市。她和朋友搭伙，开了一家多元化生活馆，叫"向往的生活"，从苏南学来的模式。门市两百多平方米，按照北欧风格精装修，店里插上干花、羽毛，铺上仿虎皮的地毯，做好装饰性的壁炉，摆满精美的盘子，靠里面还有西方中世纪骑士的盔甲（泡沫做的）。顾客可以拍照、画油画、看电影、逗猫，与其说贩卖服务，不如说兜售生活方式。

邱虹洁的来电莫名其妙。两人十几年没联系，竟为这种小事找我，还匆忙挂断。我把手机放回书包。庄菲也抽完烟，放松下来。她靠在棕榈树上，两腿伸直，瘫坐在地上，灰色的工作裤单薄、宽大，裤腿两边挤在一起，凸显出她腿的轮廓。南方的女孩不穿秋裤。相比朋友圈里苗条的邱虹洁，庄菲梨形身材，腿虽然粗，肉却紧实。不穿工作服的日子，庄菲每次上工都毫不避讳地在我面前摆造型，展示她的腰和腿。她还显摆说，自己读大学时是排球队的，当时腿上肌肉一瓣瓣的，跟没剥皮的大蒜一样明显，后来读了研，化妆水平提高了，衣服越穿越短，腿却荒废了，都变成肥肉。庄菲拍拍身边的草坪，示意我也坐下。我俩背靠着棕榈树，周遭一切都湿漉漉的。单子叶植物多是草本，长得杂乱。远处，除去龙血树、露兜树露出浑圆的果实，其余全是复杂的草色堆叠在一起。

跟庄菲合作研究棕榈树，实非我意，都怪道貌岸然的胡小煦。大四时，我随导师的研究方向，探究大湖龙井的病虫害防治，为写毕业论文，大半年都在产地实习。去之前，我彻夜幻想茶园春色，夕阳的余晖洒落山川，采茶女在梯田上唱山歌。到了地方，我却成天跟在没牙老太太的后头。她们说话我也听不懂，只能顶着大太阳，忍住被晒成煤球的苦楚，提防山里窜出的野猪。考上研究生后，我查阅目标院校的可选导师名录，胡小煦教授是国内食用菌研究方向的领头人。考虑到香菇不喜欢太阳，我就联系上他。胡小煦确实不负众望，不仅分配经费大方，而且半年间领我们跑遍南方景区，几度受到蘑菇酱厂领导的盛情款待。

　　三周前，他打来电话，我正在六人住的宿舍吃早饭，将蘑菇酱抹在临期的吐司上。酱是香辣味的，辣得我直哈气。大清早，电话里很嘈杂。

　　胡小煦说："陈巍啊。"

　　我说："胡老师，我在，什么事？"

　　胡小煦说："植物园的裘主任刚才联系我，

说单子叶植物区，前几日照例清点植物，发现一株棕榈，叶鞘纤维是白色的，可能生了什么病，也可能是新品种，不能确定，想请我去确认。我最近要录几档节目，想着你本科时是学植物保护的，不如替我看看。"

我说："好的，老师。"

胡小煦说："我太忙，也没关心你，最近怎么样？"

我说："老师，酱厂那边回复了，新做出来的酱用的都是您提供的口蘑，他们还寄来不少样品。再有，学校后山的几块菜园也给您伺候好了，萝卜长得差不多，我腌了些，改天给您送去。"

胡小煦沉默半晌，说："陈巍啊。"

我说："老师，我在。"

胡小煦说："其余都可以放一放，论文选题的事得抓紧，毕竟关乎毕业。酱厂的事，你师兄、师姐老早就负责，可以跟进。这次是个好机会，除非是霉菌，棕榈树皮发白我倒是很少听说，一旦确定是新品种，选题就有着落了。植物园的裘主任也是硕导，我已同他说好，往后一段时间你就跟着他，给他打打下手，清点下植物，你可以研究那棵棕榈树，往后要去资源库找正模，需要的经费我出。"

我知道，胡小煦安排我到植物园，和师兄、师姐脱不了干系。刚进学校，他们支使我做这做那，我不反对。我生性冷淡，时间长了和他们玩不到一块去，遇事不商量，直接向胡小煦汇报。后来，酱厂为简化流程，直接联系我。师兄、师姐见自己被边缘化，这才找胡小煦。清点植物是苦差事。胡小煦想口头支开我，这我不能答应。可惜还没来得及反对，电话那头有人喊胡教授，他随即挂断电话。我又打了几次，都关机。没办法，植物园离学校不远，匆忙解决完早餐，我便去找裘主任。裘主任审计出身，在植物方面是半路出家，分管人事。他五短身材，平头，戴黑色金属半框眼镜，见了我没多说，一通电话叫来庄菲，让我跟着她。庄菲大我三届，也曾是胡小煦的学生，目前任植物园试用研究员。见我时，她穿黑色露脐装、高筒靴，远非正常农学生的搭配，我这才失神。庄菲讽刺完，裘主任将我俩赶出办公室，庄菲笑嘻嘻地让我喊"师姐"，带我换工作服，再看那棵棕榈树。

这年头，除非跑进深山老林，不然不易发现新品种。植物园能人遍地，到了地方我才知道，为什么研究棕榈树的"肥差"落到我身上。棕榈藏在单子叶植物区的中心位置，周围有几平方米空地，再外面却被密密麻麻的植株包裹。若非清点植物，少有人愿意光临。棕榈15米的个头，树干碗口般粗细，下端的树皮裸露在外头，只在树腰9米往上有灰白色的叶鞘纤维，远远地，看不真切。吊车不能进入，想一探究竟，只有用最简陋的梯子，又高又险，没人想往上爬。周边植株低矮，棕榈特有一种肃穆感。庄菲昂首，双手交叉，放在胸前沉默不语，半晌说："我看像孢子花粉。"

我说："什么孢子花粉会飘那么高？"

庄菲说："很有理想的孢子。"

我说："亏你学农学的，孢子植物的根茎不发达，注定生活在低矮处，后代也不会飘那么高。即便有，也不可能满树都是。"

庄菲说："小何，我开玩笑的，你怎么认真了？"

我耸耸肩。庄菲说："别那么严肃，你不会真以为裘主任找你来玩的吧。看看就走，我带你熟悉场地，下午你跟我继续清点植物。"

新中国成立后，植物园建立，工作人员给主要的植株编号、挂牌。单子叶区在植物园深处，游客鲜有涉足，员工也不打理，任其野蛮生长。为防止重要植株被疯长的草木埋没，隔段时间就要清点。山林地形复杂，人与人的思路不同，标注顺序有差异。植株标注完备，多数时间，一千年也用不到。庄菲有股狠劲，誓要找到清单里的每个植株。余下一周，清晨起露时，我俩已经身穿灰白工作服，在植被间穿梭。工作服十分闷热，庄菲扎马尾，发丝因汗液粘在两颊上，她整理碎发时，脸蛋红扑扑的。我背书包走得慢，庄菲怕我走丢，拉着我的手，还总回头看我。每到这时，我就不敢看她。庄菲像察觉到什么，头一甩，笑道："怎么样？心动就承认吧。"我只能支支吾吾地辩解。对着庄菲这样的美人儿，说不心动，那是假的。可惜她有男朋友，也在读研，学的是计算机工程专业。我看过他的照片，比庄菲高一头，很壮实，瓦片头，脸上有痘坑，戴一副圆眼镜。

庄菲说："怎么样? 理工男，在外合租，会修厕所的电灯泡，还是00后。那你呢，你多大?"

我说："1998年的。"

庄菲说："女朋友呢?"

我说："没有。"

庄菲说："好啊，考虑下我，我00后的坑位是被占了，还有1998年的。"

我知道庄菲的性格，这话也不放在心上，只有一次反问道："可以的，怎么操作?"庄菲又装糊涂，聊起别的话题。

登高的问题难以解决，研究棕榈也没结果。林子里，我和庄菲吭哧吭哧跑了近三周。直到两天前，庄菲向裘主任汇报，说植物清点得差不多了，他今早才给我打电话，说早就安排人找梯子，刚送到，放在离单子叶区最近的马路上。梯子是竹编的，软沓沓的，估摸6米出头，庄菲扶着架好的梯子，依旧摇摇晃晃。我爬上去，踮起脚，勉强够到叶鞘纤维的尾巴。我翻开叶子，里面满是白色的灰尘，用手轻捻，很快晕染开，像灰。棕榈可能被火烧过。正想着，邱虹洁就打来电话。

接完电话，我靠在棕榈边上。庄菲又点燃一支烟，八卦我通话的对象。她只听到零零碎碎，猜测说："快过年了，老家的前女友旧情复燃了？"

我说："拉倒吧！朋友装修店面，让我出主意。"

庄菲说："寒暄那么多，很久没联系了吧？"

我说："初中同学，一直没联系。"

庄菲说："那装修为什么不问别人，偏偏找你？"

我说："不知道。"

庄菲说："女的长什么样？给我看看。"

我打开邱虹洁的朋友圈，递过去。庄菲说：

"好家伙，这腿，胸前这文身。"

我说："开生活馆的。"

庄菲说："看到了，她自拍的背景都是，能看出来自小城市，装修经费不够，想学后工业风格，显示高级感，摆件又都是巴洛克的，不伦不类。"

我说："别说人家坏话。"

庄菲说："知道为什么找你吗？"

我说："我怎么知道？"

庄菲一挑眉，说："你真不知道假不知道？"

我说："真不知道。"

庄菲看着我，摇摇头说："过河拆桥。"

她连声啧啧，双目忽闪，假睫毛因汗渍翘起，随着眼睛上下晃悠。

我笑道："你别卖关子了，快告诉我。"

庄菲说："因为昨天你发了朋友圈。"

至少有两年，我没发过朋友圈。农学生面朝黄土，少数人像庄菲这样有品位，多数人生活乏善可陈。园里正牌研究员看不起裘主任，有杂事他都找庄菲。如今有我的协助，她松口气，下班能早些，若麻利点，还能吃到大学门口卖的冰激凌，抢网红日料西餐厅座位，或在天黑前到大湖边散步。前几日，裘主任将植物园门口的草坪租给房车公司，让他们办车展，庄菲负责对接。敲定了合同细节，房车公司又请了几家野外用品、面包咖啡和文创的品牌，在房车里摆摊，弹吉他、唱歌，一副嬉皮士的生活态度，主题就叫"可居住的诗歌"。庄菲与咖啡品牌方混熟了，昨天下午，拉我翘两小时的工，体验当咖啡店员，穿着棕绿色背带裤，给咖啡杯面拉花。咖啡店是一辆丰田的B型房车，橘棕相间，圆头圆脑的，像加菲猫。车门从一侧打开，露出腰果花桌布的柜台，外面摆放高脚凳、胶囊咖啡机，车内墙壁挂绣有富士山的挂毯、Pink Floyd的黑胶唱片。庄菲很喜欢臭美，让我给她拍几张。我拍完，她又帮我拍。我开始很抗拒，看了几张照片，拍得确实不错，完美地回避了我个矮的缺点，还有小资意境，思前想后，发了朋友圈。

庄菲说："你老相好的品位不敢恭维，而在我的加持下，你照片的段位已经很高。试想，一个在三线城市打拼、有生活态度的女孩，苦于没有学习时尚的门路，看到你发的朋友圈，怎么也得心生爱慕。"

我说："别瞎说。"

庄菲说："人家这么有气质，你喜欢她吧？"

我说："倒也没有。"

庄菲说："至少喜欢过。"

我说："那是小时候。"

庄菲说："白月光，可以的，我当你是弟弟，你可得支棱起来。"

我说："什么支棱起来？"

庄菲说："她胸前的文身，你说说是什么？"

我拿回手机，翻到她的朋友圈，找穿吊带的自拍，多数在路边烧烤摊，采光不好。我盯着屏幕，将图片放大缩小，片刻后，勉强辨认出来。

我说："文身看不出颜色，姑且认为是红玫瑰，花瓣比较厚，外套像打了一层蜡，枝短刺多，应该是法兰西玫瑰。"

庄菲摇摇头说："不对。"

我说："我选修过傅老师的园艺课，不会

错。"

庄菲说:"你往花外面看。"

我说:"咋了?"

庄菲说:"玻璃罩。"

我说:"嗯,怎么了?"

庄菲敲我的脑袋,说:"《小王子》啊,埃克苏佩里写的《小王子》。小王子怕自己的玫瑰受伤,给它罩上玻璃罩。"

我说:"我以为你问花的品种。"

庄菲说:"好看就完事儿了,谁管品种?埃克苏佩里的《小王子》,你说三遍。"

我说:"埃克苏佩里的《小王子》。埃克苏佩里的《小王子》。埃克苏佩里的《小王子》。"

庄菲说:"女生喜欢你懂她的小心思。第一次当面,见到文身,你一定要说。"

爬梯子当晚,我给陈霖洲打电话,他爽快地写了几道公式,物理方面的。我扫一眼,无非是洛伦兹变换、质能转换之类的,我高中时就知道,理化生爱好者的大路货。转给邱虹洁后,她却连声道谢,又打来电话,说过年要请我吃饭。

挂断电话，我心里美滋滋的，料想植物清点得差不多了，趁心情好，又给胡小煦打电话。我说："老师，我调查清楚了，棕榈可能被烧过，或许不是明火，加上在园区中间，没被发现，等里面都烧成灰，长出新的叶子遮住，下雨渗出来，就成白色。"我说时，胡小煦连声应和。

待我阐述完所有观点，胡小煦说："陈巍啊，你做事很细致，可以看出来，是下了一番功夫的。"

我说："谢谢老师！"

胡小煦说："结果不理想，不必灰心丧气，换个思路，把研究过程写下来，也是很好的论文。"

我说："老师，我明天回学校写。"

胡小煦说："我能看出来，你在植物园进步很大，最近我也忙，你不如再锻炼一段时间，有问题找裘主任，他尽量满足你。"说罢，他又教育了我几句。

我被胡小煦晾在植物园，裘主任又让我誊写各类会议记录，到除夕才能回去。见到邱虹洁，是春节后的事。上大学后，我爸爸转坐班，回到骆马湖自来水厂，我们全家也搬了过去。初三晚上，我出来溜达，沿运河大桥往南，一路逛到老城区的红旗电影院。电影院旁的普马特和隔壁的人民商场，当年是城里非常繁华的地方。普马特地下的大型商城，取名"工薪之家"，入口是倒扣的半圆玻璃球，眼下蒙了尘。商贩在鞋盒的纸板上写了"全场清仓""十元五双"之类，生意依旧冷清。倒不是经济衰退，而是这些商场被近些年引进的城市CBD打击。新城区里，万达、银泰、宝龙、金鹰、苏宁之流，它们的建筑风格、消费文化被成套搬运。苏北大地，乃至全国上下，风格迥异的三四线城市，如今行走其间，分不清差别。电影院门口，由红灯泡组成的旗帜还没拆，玻璃内壁已经模糊。我忽然想看看新盛街，便给邱虹洁打电话。

我说："你在店里吗？"

邱虹洁说："不在，怎么了？"

我说："晚上散步，到红旗电影院，想看看新盛街。"

邱虹洁说："你不早说，我都脱衣服上床了。"

我说："突然的事。"

邱虹洁说："没什么可看的，都拆得差不多，已成废墟。你真想看？"

我说："真想看。"

邱虹洁叹了一口气，说："待在那儿别动，我马上到。"

十来分钟工夫，邱虹洁穿着驼色大衣、高领银色毛衣，脚踩长筒靴，双手插兜，从马路对面飒飒地走来。她过马路时，脑袋干练地回转，注意来往的车流。我想保持风度，微笑着看她。她走到跟前，我又心生恐惧。这种恐惧由来已久。庄菲拉我的手，我就害怕，再往前也是。高考完领毕业证，班里女孩子们不知怎么了，都换上热裤、短裙，身上喷香水，脸上扑上白粉，唇红齿白的。中午燥热，整栋教学楼里都是高跟鞋的踢踏声。男孩子们还是短袖和大裤衩，踩一双皮凉鞋，忽然都不闹了，在座位上安安静静，温顺得像猫。到了大学，都市女孩的装扮更是惹眼。有回遇见一女的，挎着抽纸盒大小的皮包。包不大，背带只有筷子般粗细，却弄得长长的，一直拖到屁股上，每迈一步，包打到屁股，再弹起来。她站定时，侧面观察，屁股撅着，背部笔挺，甚至反方向弓起来，与垂直的背带组成"半圆"。我大感震惊，以为大城市的女孩都是骨盆前倾，只敢低头避让。花一年多时间我才逐渐明白，除去外表差异，我们的灵魂大约没什么不同。邱虹洁的出现，虽然穿着经典款，可年少时那种窃窃的、不敢正视的喜欢又涌了上来，我才明白庄菲说的气质。邱虹洁冲我笑，我害怕，只敢盯着她的头发。

邱虹洁新做了头发，亚麻色，带卷，勉强盖住耳朵。晚风拂面，发丝飘荡，隐约可见绿色玉石耳环，但看不真切，像月色下藏在树叶后面的葡萄。邱虹洁领着我走，边走边说："怎么想看新盛街？"我说："原来住在新盛街，后来搬家了，有感情，想过来看看。"邱虹洁说："我打小也住这儿，怎么没见过你？"我说："你住哪个巷子？"邱虹洁说："我不住巷子，出生不久就拆了，住新建的安置房。逢年过节，亲戚朋友问住哪，爹妈还说新盛街，感觉是老一辈的荣耀。"我点点头说："难怪，我住保婴堂附近，靠近火神巷。"

邱虹洁说："最后一批拆的吗？"

我说："没错，我家门口是下坡路，旁边沟里埋了根电线杆。"

邱虹洁说："保婴堂我知道，过去外国教会开的，不过没去过，小时候我妈吓我，不听话就送保婴堂。"

我说："那是，你们住楼房的都污名化我们，不跟我们玩。"

邱虹洁说："什么意思？"

我说："新盛街是分批次拆，先拆无关紧要的，留下相对繁荣的。重建后，新盛街人分成两部分：老新盛街人和新新盛街人。老新盛街人还住巷子里，新新盛街人住楼房。从前，新新盛街人自觉被看不起，住楼房后看老新盛街人，又自认为高人一等，不让孩子和老新盛街的人玩。"

邱虹洁一听笑了，说："你说话注意点，合

着你们老新盛街人没错，是我们自作多情。"

我也笑了，说："我家挨着拆迁分界线，往东的拆迁户在原地建了两栋楼，纳入市府东路小区，就隔堵白墙。墙那边地势高，五楼住着一个男孩。我家院里晾衣服时，这个男孩就往下滋水枪，专挑我爹妈不在时滋。我看到后，指着他的鼻子骂，他就转过来滋我。"

邱虹洁说："我不管，反正是你活该。"

除了西北角的极乐律院，新盛街片区都被白墙围住。街南原先保留一处辕门，附带牌匾和碑文，如今也被砖头封死了，沿着墙头，只看到三两个长草的青瓦。绕了一圈，还是律院北门的白墙最矮。托拆迁公司修墙的福，新门建得很气派，有王府大门的风格，头悬"敕赐极乐律院"的牌匾，靠墙是两尊石狮子，底座厚重、平整，脚容易踩上去。我欲爬上底座，向里张望，被邱虹洁拦住。

纠缠间，王府大门的小门开了，有居士端着洗脚水出来。她六十多岁，方便面头，文柳叶眉，穿紫色羽绒服内胆、灰秋裤、红棉拖鞋。

居士问："做什么的？"

我说："阿姨，我原来住这儿，上大学回来，想看看，四周都已经被封死。"

居士说："我住了二十来年，没见过你。"

我说："我爹是陈光耀，住在保婴堂后街。"

居士说："晓得了，自来水厂的，骑铃木摩托车，挂一邮差包，成天急吼吼，跑前跑后。"

我说："您知道？"

居士说："冬天咱这水管冻住，都找他，他不收钱，人很不错，就是个闷包，前几年搬了家，现在怎么样了？"

我说："年纪大了，身体不好，改坐班，到骆马湖厂里。一年前去医院检查，胃里有肿瘤，切掉一部分。"

居士说："年纪大了，都是这些事。你俩跟我走吧，院里没堵死，能通到里面。"说罢，泼了洗脚水，领我俩进去。

居士住偏房，靠近大雄宝殿，门口有两个鸽笼，见人就扑扇翅膀。绕过大方丈室，南边是临时的铁皮隔挡。居士走近，将隔挡一角撕开。居士一指里面，说："我原来也住这里，下沟塘北巷，你看吧。"夜色里，空地十分宽敞，奈何没有光源，看不真切，但能分辨出是由碎瓦、砖头组成的废墟。居士拉铁皮时，震动声很响，周遭屋舍的灯都亮了。邱虹洁忙拽我，边走边说："谢谢阿姨，已经看好了。"

从律院出来，街边起风，我和邱虹洁直缩脖子。邱虹洁提议去喝酒。我说："都十点多了。"邱虹洁说："怕什么？夜生活才开始。"说罢，撺掇我去酒吧。酒吧叫暗格，在苏宁购物中心地下一层，店门被粉刷成白墙，开门要旋转装饰的花瓶。走进去，音响播放着慢摇音乐，震得人心发慌。避开楼道里醉倒的男男女女，绕过屏风，我俩选僻静处坐下。不一会儿，又有歌手捧吉他，唱寸铁乐队的《无题》。邱虹洁觉得热，将大衣上的头两个纽扣解开，撑开衣领，袖子撸到胳膊上。她真瘦，露出锁骨处的玫瑰花。我说："文得不错，埃克苏佩里的《小王子》。"邱虹洁笑了，凑到我耳边嘀咕道："太热了，出来得急，只穿了吊带睡衣，不好脱。"我说："我有衬衫，不贴身的，脱了给你，去厕所换。"邱虹洁嘿嘿笑，也没答应。酒上来后，我抿了两口，说："老城区变化太大，这些酒吧，上大学前还没有。后来出去待半年，过年回来，以为见过世面，想跟老同学约，进来不看菜单，问酒保有没有金汤力、尼格罗尼，显得自己很熟练，结果手机导航，一家店也没有。"

邱虹洁说："就这两年有酒吧，从前哪里听说过？初中的孙旦虎，你知道吧？"

我说："我知道，隔壁班的，跟我拼宿舍，睡我脚头，虎里虎气的。"

邱虹洁说："他跟孙仓仓玩得好，所以我知道他。他拿了毕业证之后就没念书。他爹蹬三轮车的，给人拉货，什么也不懂，送他到苏南学摄影，实际就是去影楼给人扛器材。他混了四年，偷跑回来。后来他到大运河边的黑桃酒吧当招待。"

我说："他家里人不知道吗？"

邱虹洁说："不知道，以为他还在苏南。前几天，我店里装修，碰巧他爸拉建材，我瞅着眼熟，叫了声叔。他坐进来歇息，聊了好一会儿，杂七杂八，反正语气挺自豪，说儿子在什么酒吧，给老板当保镖，成天穿西装。他不知道酒吧，估摸是星级大酒店。"

我说："这也能编啊？"

邱虹洁说："老年人不知道什么是酒吧，况且，孙旦虎也确实像。现在，你到黑桃门口，一共俩保安，其中一个就是他，穿高档西装，背着手，人模人样的，耳里别着监听耳机，实际就是玩具，不管用。"

我说："上了大学也是，多少人毕业后各凭本事，才发现，还是活成父母的样子。"

邱虹洁说："你变化也挺大。小时候，你整天绷着脸，挺严肃，年纪不大，跟小领导似的。刚才你拧花瓶，我就想笑，心想，天哪，我把好学生送酒吧了。"

我说："有那么严重吗？"

邱虹洁说："当然啊！那会儿班里隔段时间就起哄。一次，说别的女生找你，你不搭理，只有我找你，你才搭理，还说我俩有情况。"

我说："不记得了。"

邱虹洁说："是吗？当时我还辩解，说我找你，你也板着脸。第二天，我和同桌再聊起这个，还专门回头看你，你也没啥反应。"

我说："不知道，可能当时精神状态不好，成天苦大仇深的。我倒记得一次感冒，鼻子哼哼的。你问我是不是感冒了，我点点头。你那会儿回家，下午就给我带一板头孢，我很感动，觉得只有你对我好。"

邱虹洁说："是吗？你说的这事我倒不记得。"

我说："甭管你记不记得，要问你在我心里怎么样，我就记得这事。"

邱虹洁说："这事都是假的，我也住校，中午回不了家。"

我说："我原来也纠结真假，后来不纠结了。"

邱虹洁说："怎么不纠结了？"

我说："之前跟你讲的拿水枪滋我的那个男孩，可能我确实夸张了。他可能只滋了我一下，是误伤，但我一直记着，甚至能记一辈子。我在巷子住腻了，想换楼房，巴不得都拆了才好，不像老一辈，有念旧情结。刚读小学，东大街要拆了，东大街你知道吧？"

邱虹洁说："我知道，咱这就两条老街，一条东大街，一条新盛街。"

我说："对，东大街和新盛街一样，万历年间就有了，东大街是商业中心，过去庙会、灯会都在那里。东大街拆迁，我爹要是没活儿，就骑摩托车过去，挨家挨户地散烟，就图能赶在施工队前，上人家的房顶揭几块瓦，或弄些门板、房梁啥的。单说那些瓦，什么题材的都有，祥云、蝙蝠、蟾蜍、花中四君子、岁寒三友。"

邱虹洁笑了，说："我记得。老一辈迷信，你爹这上房揭瓦，他们不以为你爹找碴，找人干他？"

我说："总有人馋烟的；再不济，也有人豪爽。我就记得，我爹开始散的是小苏烟，后来得用南京。有个很漂亮的镂空窗子，换了好几包南京，现在就摆在我家茶几下面。"

邱虹洁说："你爹是讲究人，真好！"

我说："我刚才讲的这些，是事实，是表层真实，但对我影响不大，至少一直没超过拿水枪滋我的男孩。他拿水枪滋我，爹妈回来，我去告状，他们带着我去讨说法，男孩死不承认。他家正对我家的窗户，正好是卫生间。去讨说法时，我到窗边看过，具体场景记不清了，就记得从窗户往下望，新盛街房顶的瓦片、塑料挡雨板、塑料袋、矿泉水瓶、野草、太阳能热水器、修缮留下的胶条，五颜六色的，像垃圾堆。各家各户在院子里做什么，尽收眼底，看人像看蚂蚁。回来后我很自卑，在自家院里也不敢光膀子，甚至不敢穿居家的旧衣服。当时的场景可能没那么震撼，只是多少年了，这段记忆在我脑海里不断发酵、变质，最终形成某种深层真实，影响我的很多决定。"邱虹洁频频点头。

我说完，她指我的酒杯说："挺好，喝了不少酒，看来要说心里话，只是没想到说心里话时还像个小领导。"说话时，她吐出酒气，喷在我脸上，混合着覆盆子的香气。

我说："说明酒还没喝到位。"

邱虹洁笑了，说："那你还要喝多少？"

我说："其实已经差不多了，只是久别重逢，还是以保存美好为主，下次可以坦白。"

邱虹洁说："原来是为下次再约找借口。"

听了这话，我一激灵，转过头，与她对视。酒吧里音乐嘈杂，是男女亲密的理想之地。我们听不清彼此说话，不知什么时候，已经挨得那么近。我起身结账。身体里，灵魂像变成了蒸汽，打各处毛细血管往上冒，一直钻到天灵盖。

酒吧门口，邱虹洁打开手机，叫了出租车。等车的工夫，我脑袋一热，说："咋没看你的店？在附近吧？"

邱虹洁说："下次吧，太晚了，还在新盛街南面，隔一个菜市场，马路对面。"

我说："大晚上的，我送你回去。"

邱虹洁说："不用了，挺远的，在金色威尼斯。"

我说："挨着新盛街，也不远，以前放学常去，一听名字就洋气，是高档小区，外墙贴瓷砖，美缝是镏金的，门口还立着雕塑，古希腊风格的。"

邱虹洁说："你肯定记错了，小区还在运河对岸，得走大桥，我打车来的，接近二十分钟。那里是泄洪区，房价低，屋子也潮湿；空调外机滴水，墙上都是锈迹。几年前还有人造谣，说地基没打稳，楼建歪了。"

我说："可我记得，小区门口有草坪，上面是块条石，十几米长，两米多高，刻着'金色威尼斯'，很气派；后面有三棵椰子树，高高大大的，还长椰子。小区都是水城风格。"

邱虹洁翻找手机，递过来说："我有照片，你自己看吧。"我接过手机，确如邱虹洁描述的，大门破旧，草坪也变成菜地。老年人搬一小板凳，坐在旁边择菜，题字的条石与她一般尺寸，后面也不是椰子树，是棕榈，山棕科棕榈属，苏北到处都是，只有四五米高，又矮又粗。我把手机还回去，说："这三棵棕榈树，你记不记得？咱们初三时，有一夜突然起大火了，烧得很旺。"

邱虹洁说："我提前念了职高，走读的，天天回家，也不记得。"

我说："哦，可能我记错了。"

回家的路上，想到酒吧门前的失言，我深感后悔。洗漱完毕，我躺在床上，赶紧打电话，跟邱虹洁道歉。

我说："对不起，今晚喝多了，说了不少胡话。"

邱虹洁说："我跟我妈住，不能太晚回去。"

我说："其实今天我想坦白一些事，可不敢。"

邱虹洁说："有什么不敢的？"

我说："我怕再撒谎。"

邱虹洁说："说就行了，怎么担心这的那的？我酒喝太多，脑壳疼，明天再谈。"说罢，挂断电话。

说是明天再谈，找不到话题，我再没联系邱虹洁。过完年，返回植物园，又遭遇庄菲诘难。上工第一天，区生态环境局下发文件，要求做好景区水质检测。南苑水池是弃置的人造景观，一潭死水，平日疏于看护，也纳入监管。南苑龚阿姨自测，发现氮含量严重超标，想打捞池底垃圾，师傅又都忙，来找裘主任，他安排庄菲和我去。那段时间，我逐渐明白自己借用的身份，更散漫。我到了裘主任办公室，庄菲已经过去。水池位于四合院内，水泥的池壁，铺疏水橡胶层，盖一层营养土。我们拿捞网处理浮藻，用泵将水抽出大半，而后便是清理淤泥。龚阿姨属于返聘，原来是研究员，回来做看护，工资减半。她五十多岁，一米五，短发，戴无框窄边眼镜，穿灰羽绒服，戴天蓝色护袖，人很和蔼，笑眯眯的，就是身体不好。因为怕阻塞，只抽出少部分水，余下九十几厘米。我和庄菲换上防水背带裤，将发臭的淤泥挑到岸边。工作服不合身，我俩来来回回，摔倒好几次。忙活一上午，庄菲愣没和我说一句话。

中午吃完饭，龚阿姨打开偏房，让我俩休息，提前开好空调，还找来薄被，防止我俩着凉。她走后，房间里陷入安静，只听见空调外机的轰鸣，木窗随之震动。我闭眼小憩。半晌，庄

菲说："我不说话,你也不知道找我。"我说:
"我又没惹你,干吗一上午摆着臭脸?"庄菲没
回答,隔了许久,我翻过身,听见她在抽泣。我
说:"怎么了?"庄菲哭道:"你是不是跟裘主
任说,我在园区抽烟?"我说:"没有。"庄菲
说:"那为什么前几天裘主任打电话质问我,问
我是不是抽烟把棕榈点燃了?"我说:"我不知
道。胡小煦要我汇报研究进度,我告诉他,棕榈
大概率被火烧过,叶鞘纤维才变白,但不确定。
谁知道是怎么烧着的?可能被雷劈,也可能有人
放烟花,更可能是我猜错了。"庄菲说:"我在
家看电视,他劈头盖脸地骂我,吓死了。棕榈那
么高,想点也够不着。我还在试用期,过几天要
转正述职,做什么都是小心翼翼,就怕被裁,结
果他说这事要上报,上面决定后,再考虑是否聘
我。"我说:"那我就不得而知了。"庄菲说:
"哪次抽烟,我不是小心兜烟灰,再把烟头装
好?"我说:"是是是,我可以做证。"

　　因为庄菲哭泣,我一中午没睡安稳。到了
点,龚阿姨推开门,笑眯眯地叫我们上工。我脑

蒸汽波

袋昏沉，池里跑了两趟，腰酸背痛。庄菲也好不到哪儿去，面容憔悴，溅了泥也不抹，头发散了一半，任它散着。干了不到一小时，裘主任板着脸过来。他站在边上，俯视我们，呵斥道："发消息也不知道回。"庄菲埋头运泥，没搭理。我以为他和我说话，忙说："在池里，没看手机。"裘主任没理我，手指庄菲说："你出来。"庄菲一声不吭，爬出来，随裘主任出了苑门。我不敢说话，仍运泥。龚阿姨端来西瓜，放在池边，不见庄菲，也没问，只让我歇息。我吃了两块，干了半个钟头。庄菲回来后，跳到池里，裘主任又叫我出去。

南苑门外，裘主任背手而立，见我，面容稍和缓。裘主任说："陈巍，你来植物园也有段时间了，怎么样，能不能适应？"我点点头说："还不错，多谢裘主任的关心，我学到不少知识，加上胡老师的指点，论文已有些头绪。"裘主任说："我太忙，没关心你，都让庄菲带的，你觉得她怎么样？"我说："很好，能跟我打打闹闹。植物园里有很多品种，她不清楚，我告诉她，我们相互学习。"

裘主任说："庄菲抽烟吧？"

我说："可能吧，我不清楚，偶尔有烟味。"

裘主任说："你别怕，大胆说。"

我咬了咬牙，说："抽。"

裘主任说："抽，而且据我了解，烟瘾很大，还是洋烟，挺会享受，里面有薄荷珠，抽前先捏碎。"

我说："主任，你问这些干吗？"

裘主任说："庄菲抽烟，都是什么时候？"

我说："下班以后，我俩脱下工作服，到植物区外才抽。"

裘主任说："在植物区不抽？"

我说："不抽。"

裘主任掏出手机，翻出一张照片，递到我面前，问："你看看，能不能分辨出，背景是什么地方？"

我看那照片，日落时分，天空是紫色的，很亮。画面正中，庄菲背光站着，手拿打火机，低头点烟。她穿彩虹色的短上衣，淡蓝牛仔包臀裙，扎高高的马尾。脸颊、手指、小臂、腹部明显反光，拍照者应该是蹲着，打开闪光灯，仰视角对她。照片里最出彩的是她身后的大树，我一眼认出，那是我研究的巴西棕榈。背光的缘故，棕榈只剩轮廓，变成黑色的巨大阴影。它的叶子野蛮地生长，在庄菲身后爆裂开，在紫色天空的衬托下，像恶魔的翅膀。看完，裘主任又给我看两三张，都是相似的背景。他拍拍我的肩膀，说："陈巍，这照片是谁拍的？"

我摇摇头，说："不知道。"

裘主任说："不是你？"

我说："不是，她穿短袖，应该是夏天拍的，那时我还没来。"

裘主任叹了口气，说："你又不是不知道，她冬天也这么穿。不过，现在谁拍的已经不重要，重要的是，照片来自市林业局，发在联络群里，最近搞专项整治活动，要追责。"我默不作声，裘主任又说，"你也快毕业了，想没想好去哪？"

我说："没想好。不想回老家，这儿又没有

合适的。"

裘主任说："挺可惜，不出意外，这里也没空缺。"

要我说，这事该成立专项小组，到棕榈边考察一番，确认是否被烧过。若没有，便大事化小，小事化了。照片上只有树的大致轮廓，配上紫色天空，完全可以说是后期弄上去的。可是，裘主任没了动静。每日，庄菲仍在南苑运泥，话也少了，只说些必要的，帮忙提桶、拿铲子之类。半个月后，我被局领导找去谈话，确认见过她抽烟。第二天，解聘公告就贴出来，连同调查报告。我的话成了关键证据，大意是，有实习生表示，看过她抽烟。庄菲被辞退，还有十五天交接期，没人接班，干活零碎，我又不能走，只得运泥。池底，疏水橡胶垫发烂，揭下来换掉，覆盖新的营养土，导入清水。快下班时，西边晚霞升起，爬上南苑的青瓦。庄菲坐在池边，靠着石台，背带裤还没换。靴子伸到水里，前后摇晃，淤泥徐徐溶解，沉入池底。相比之前，她放松不少。我觉得气氛有所缓和，想做解释。

我说："裘主任有照片，只问我你抽不抽烟。"

庄菲说："小何，我知道，不怪你，像我这样，本来就要被辞退，缺乏由头罢了。"

我说："我不理解，明明很小的事，怎么会到这个地步？"

庄菲说："不知道，不知不觉，世界就变成这个样子。"

我说："照片哪来的？你发网上的吗？"

庄菲说："没有，前男友拍的，应该是他举报的。"

我说："就是那个计算机工程研究生？"

庄菲点点头说："我俩吵了一架，分手了。"

我说："啥原因？这么绝！"

庄菲说："他小便时没掀马桶圈，我骂了他。"

我说："这也太魔幻了。"

庄菲说："租的房间小，十来平方米，厕所是玻璃门，换衣服都没法避嫌，早看腻了，只是没想到，怨气这么大。"

我说："有什么打算？"

庄菲说："再留两个星期，找不到工作就回老家。亲戚做区域牛奶代理商，正缺销售。"

我说："没想到你会做这个。"

庄菲说："这怎么想不到？农学生就业难，一贯如此。"

我说："你的朋友圈很精致，品位也高，总以为你是大家闺秀，做不了研究员，就回去继承家产。"

庄菲笑了，说："都什么年代了，还信朋友圈这套？"

庄菲分几天将东西带走，离开时没打招呼。那以后，没人说话，植物园于我，像一座孤岛。要么，我被困在裘主任的办公室，日复一日，处理不属于我的材料，或者穿着灰白工作服，钻入林木深处。刚进大学，我常来植物园，仗着看过几页书，乐于区分植物。这个是春石斛，那个是海桐木，每样都不同。可如今，再钻入其中，我越发看不出差别，甚至以为，我也是其中一员。它们的枝叶无差别地向四周伸展，我被包裹其

蒸汽波

间，像待在囚笼里。有一次，我在丛林深处，抬头，猛然看见那棵巴西棕榈，叶鞘纤维依然是白色的。我想起庄菲的话。她说，那些是孢子，很有理想的孢子。我想，我也应该是孢子，后代很难飘到高处。总之，日子就这么过去。我以为会发生些什么，无论是好事、坏事，总该听点响声。以前放学，在新盛街的窄巷子里，我喜欢拿块石子，用力抛出去，再侧耳站定，期待有回音，或砸到房顶，或撞到铁器，或传来犬吠，或引来主人的咒骂。可在植物园，石子丢到深处，丝毫没有动静。可能生活也是如此，一切悄无声息，日子就这么过去了。

次年正月的一个上午，我闭关在家写论文。半年前，开题报告临近，胡小煦听我说毫无准备，忙让我离开植物园，问我原因。我嘴上说没找到好题材，实际是，成天和植物相处，我陷入一种奇怪的状态，认为时间没赋予生命意义，一天与一年没有差别。在学校里，浑浑噩噩，我又度过半年，申请了延迟毕业。过年回家，我干脆请了长假，准备将本科的论文整合，再写篇新的。邱虹洁打来电话，让我立刻到教堂。我说："一年没联系，这么突然？"

邱虹洁说："我的倾吐欲是暂时的，过时不候。"

我说："你要跟我坦白。"

邱虹洁说："看你来得够不够快。"

那时，我爸爸因为癌细胞扩散，昏倒在办公室，出院后就一直躺在家里。我骑上他的铃木摩托车，沿运河大桥往南，到了位于老城区的教堂。

教堂是座民国小楼，八十多年历史，青砖墙，红瓦顶，门前有广场，立着英籍教士马锦章的铜像。教堂内，古木的味道扑鼻。四周有后修的金属承重墙，没有刷漆，很突兀。邱虹洁坐在靠后位置，见我来，点点头。不久，牧师出来了，坐在钢琴边。她四十多岁，穿牧师服，头发盘着，圆脸，大眼，嘴唇很厚。邱虹洁小声说："她很有才，每次礼拜前都要弹钢琴。"她刚说完，牧师打开了琴盖。她背部笔挺，牧师服短，伸手时露出里面的红色毛衣。音乐起，很干净、果断，我想起以前玩黑白游戏机，玩《俄罗斯方

块》，也是这种风格的音乐。弹奏时，牧师身体
有节奏地晃动着，手臂一震一震，像触了电。

邱虹洁说："这首我最喜欢，她每周三都会
弹，巴赫的，编号565，第二乐章，赋格。"

我说："你挺高雅的。"

邱虹洁摇摇头，说："没有，我职高那会儿
经常来这里，当时牧师弹了这段，我觉得我也应
该听一听，就问牧师什么曲子，回来后在手机
上找，却都是管风琴版本的，又让牧师给我录
了一段。那时，我一个人在医院，听的都是这首
曲子。我不理解古典，就感觉巴赫这人好理性，
却又那么悲伤，这种悲伤，像被丢在深远的宇宙
里。"

我说："古典乐我知道不多，要说悲伤，只
知道贝多芬的《命运》《悲怆》。我告诉你一个
秘密，不许笑话我。"

邱虹洁说："你说我听。"

我说："我小时候特别孤独，没什么朋友，
就幻想出一个虚拟伙伴。"

邱虹洁说："那种只有你能看见，孤单时会

出来陪你聊天的朋友吗？"

我说："你怎么知道？"

邱虹洁说："很多电影、电视剧都放过，好像心理学上有专门名词。"

我说："嗯，我的虚拟伙伴是一个电脑软件，过去播放器简陋，配不了字幕，要用插件，放在视频上头。"

邱虹洁说："我明白，我也用过。"

我说："我原来住在新盛街也有朋友的，可自从拆迁，修了白墙，再没人陪我玩。曾经，我尝试绕过白墙去找他们，却无功而返。我爸走街串巷地修水管，我妈成天跟人打牌聊天，我放学回家，只能坐在电脑跟前看电影。那会儿我六七岁，发现字幕可以聊天，我心里想什么，它就回什么。它是我唯一的朋友。可到了初中，它就不见了，我很难过，却没有办法。上习作课时，老师让写最好的朋友，我写了它。后来，老师把我叫到办公室，说作文不能写幻想的朋友，我就编了另一个朋友，他在市直念书，品学兼优，常辅导我学习。这篇作文得了高分，老师还在全班同学面前朗读。"

邱虹洁说:"我没印象了。"

我说:"可这事对我很重要。夜晚,我躺上床,又勾勒出新朋友的许多细节。他的外貌、神态、性格、生日、喜好,经历过几次大的变动。比如,初中时被同学欺负。我花大量时间想象他过着怎样的生活,由此导致我变得爱撒谎,甚至成为习惯。很多事无关紧要,撒谎也不能满足虚荣心,我还要说,哪怕被捉住。不过,虽然是撒谎,但我也很诚恳,总试图让别人了解真相。这种真相在现实不可得,只能建立在我的谎言里。"

邱虹洁说:"你一直没走出这种状态吗?"

我说:"不知道。到了大学,我跟室友说了我的过去,说了我幻想的朋友,豪华的金色威尼斯,破落的新盛街,讲它们如何构成我,有声有色,但我清楚,不少都是虚构的。直到一天晚上,我做梦了,梦到我和幻想的朋友手牵手,长了翅膀,在天上飞,醒来一切又恢复真实,突然感觉,自己已经过了做这种梦的年龄。从那天起,我对过去感到羞耻,并逐渐学会克制,可遇到曾经我对其撒过谎的人，谎言总要延续下去。我开始躲避，具体来说，是躲避这所城市曾经遇见的每一个人。"

邱虹洁说："包括我吗？"

我说："包括。"

牧师演奏完，起身整理衣物时，又从钢琴后拿出老式话筒，底下拖着老长的线。她开始讲经，读得很慢，到重要处，她会停下来解释。读罢，她便让信徒自行祷告。我和邱虹洁不信教，又觉得端坐面前不好，便出来了。广场对面，曾经是城区的老邮局，已经拆掉了，搭上新的脚手架，蒙上绿布，不知在新建什么。

邱虹洁说："世界变化好快，我有些应接不暇。原来放学时我喜欢到邮局买杂志，言情的、漫画的，厚厚一摞，如今都被我弄丢了，只记得零碎的情节。不知道为什么，我总不由自主地焦虑，却找不出理由。这种感觉很奇怪，像待在面包房里，闻到的满是香气，我却感到恶心。"

我说："我也是，我爸身体不好，可还有些积蓄，不必为生计担忧。我申请了延迟毕业，待在家里，却感到很迷茫。"

邱虹洁说："你是高才生，怎么会迷茫？"

我说："我认识一个女孩。"

邱虹洁说："女朋友吗？"

我摇摇头说："我倒希望是，可她看不上我。她叫庄菲，以前是农学生，后来在植物园当研究员，现在被辞退了。她每天都打扮得很漂亮，朋友圈也很浮夸。说实话，有时我承认她很好看，有时却也很厌恶她。被辞退后，她到学校看过我，还一起吃了饭。我权当故人，聊起了天。我跟她说，你看，现在有的人租写字楼住，十来平方米，花光工资，可下楼就是灯红酒绿，便误以为繁华属于自己。有人每天喝奶茶、办健身卡、逛网红餐厅、拍照打卡，可惜是月光族，生活很精致，便误以为自己是中产。这些人活在梦里，我感觉很可悲。"

邱虹洁笑了："这些话也冒犯到我，我开生活馆的，做的也是这些事。"

我说："庄菲也反驳我，说这些问题她也想过，结论与我完全相反。她认为，现代人的灵魂跟不上科技，生活意义开始缺失，消费主义乘虚而入。她确实在做梦，却不曾有任何虚荣的意思，而只想编造一个故事，待在里面，让自己安心。这不是懦弱，而是构建意义，是抵抗。她刚说完，我没有很深的感触。最近待在家里，日日对着墙壁，才明白我幻想的朋友、撒的谎，其实某种程度也是在保护自己。它们成为我童年的信仰，只是后来我厌弃它们，它们也厌弃我。今天跟你来，我又羡慕教堂的人。生活都有不如意，城市那么大，唯有这里容许哭泣。"

从教堂回来，我又在家待了两个月才回学校。胡小煦看了我的论文，扫了两眼，很不满意。奈何时间紧迫，框架已经定型，再难修改。他又翻阅了我的学术成果，距离植物园应聘要求只差一篇论文，便抽半天时间，领我到植物园，找来铁质的梯子，电子控制的，可以伸缩，又找来两个师傅，做好加固，随后亲自爬上棕榈树，剪下一块叶鞘纤维。显微镜前，胡小煦只扫了两眼，便认出那些白色的不是木灰，是孢子，具体来说，是叶片内生真菌。他三两句话，交代清楚论文的大体思路，我照葫芦画瓢，很快便拿到二级刊物的用稿通知。论文署名，第一作者是胡小煦，第二作者是裘主任，通讯作者是我。最后，我们敲定论文的细节。

我对胡小煦说："第一次遇见庄菲，她就告诉我，棕榈最上面的应该是孢子。"裘主任点点头，说他在场，可以做证。胡小煦将手中的笔转了两圈，又让我添上庄菲的名字。

再后来，我已是植物园的试用研究员，一个人在单子叶区清点植物，为转正的事而感到头疼。这时电话响了，我将清单放在一边，手往灰白的工作裤上抹了抹，拿起电话。

邱虹洁说："我要结婚了，新郎是陈霖洲。"

我说："什么时候的事？"

邱虹洁说："他帮你写完公式，转手加了我的微信。周末他到店里跟我说，他初中就喜欢我。我陪你逛新盛街时，我俩已经在一起了。"

我说："那你还约我去教堂？"

邱虹洁说："那天和他闹了矛盾，我说找你

坦白就为这事，可没好意思开口。"

我连忙说："恭喜。"

挂断电话，时值正午。早晨刚下过雨，周遭一切湿漉漉的。我为寻找一小片干燥，又到棕榈树边，把芭蕉叶垫在屁股下，将兜里的蘑菇酱拧开，抹在临期的吐司上大口吃起来。单子叶区多是草本，一切充满生机。我嚼着吐司，仰望那棵棕榈。它叶片宽大，十分招摇。

那天是阴天，没有星星，月亮勉强挤出云层的缝隙。路边，我抄起一块砖头，跟着孙仓仓进了小区，可直到他钻入自家楼道，我也没敢下手。站在楼下，我看到他卧室的吊灯亮起，水晶的，只能生闷气。往回走时，我忽然看到小区门口的三棵棕榈，那时还以为是椰子树。它那么高大，在微弱的月光下，光滑的树皮锃亮的，像玉石一般，越过叶鞘纤维，顶上的叶子更像深入云层里。我看见，火星像被放归山林的野兽，迅速在三棵棕榈的叶鞘纤维上扩散开。三棵树的叶鞘纤维迅速被覆上一层橙色且透明的光膜，热浪扑面而来。我看见，因为空气膨胀，树周围的空

间开始扭曲，耳边传来呼呼的风声。不久，来
了一群保安，提着红色塑料桶，开始救火。可
任由他们泼得再高，淋湿了一身，也泼不到高高
的树上。越来越多的人围过来，在帮忙，在咒
骂，在尖叫。这事分明在我脑海里，但后来我问
邱虹洁，她说我记错了，棕榈没有被烧过。过年
期间，我还专门去金色威尼斯看过，踩上矮小的
条石，观察棕榈的叶鞘纤维，可翻来覆去研究好
久，确实没有被烧过的痕迹。

蒸汽波

　　我正在用 Word 文档录入"蒸汽波"仨字，陈巍夺走我的键盘和鼠标。他说："亏你还是小说家，连基本常识都没有。'蒸汽波'打出来不能连在一起，字与字间要留有空格，这才符合音乐流派的特点，带有迷幻色彩。"紧接着，陈巍向我科普蒸汽波的知识，说它的英文名叫 Vaporwave，呼应卡尔·马克思那句"一切坚固的东西都烟消云散了"，既讽刺消费主义社会，又做复古怀旧低保真。为解释清楚，他还提到音乐史，如 20 世纪 80 年代的新世纪音乐等等。最后，他又介绍了国内蒸汽波音乐圈的名曲，譬如《嘉禾天橙国际大影院》和《夜间约会》。

　　如果陈巍还穿着初来乍到时的阿美咔叽，配上银铆钉围成的墨镜，我肯定会忍住不笑了。学院坐落在成都三圣乡的大山里，窗外云雾缭绕，耳边有鸟鸣。房子全是木质结构，二十来个学员都穿着白色珊瑚绒衣服，放眼望去像老年桑拿浴，时髦的音乐在其中非常有违和感。陈巍圆圆的眼睛，嘴很小，音乐人标准的马尾辫，半个月没用护发素保养，火红的长发逐渐凌乱，又与新长出的黑发黏在一起。没有潮牌的辅助，宽松的衣服下，陈巍身材显得很臃肿，像发福的中年妇女。眼下，这位"中年妇女"唾沫横飞，吵得一旁的人愤怒地用脚蹬他。我夺回键盘和鼠标，示意他安静点，我想继续写作，回头却看到贝姨清冷的目光，只得慌忙合上笔记本，也躺下静心冥想。

陈巍叫我"小说家"，是抬举我。初来学院自我介绍时，我以"故事写作者"自居，只因文学艺术向来是困窘现实极好的遮羞布。在这块遮羞布的后头，我是毕业两年在传统报刊行业混迹的底层青年。年初，我在大环境的影响下失业，面对道路封锁，不得不留在杭州。为了不啃父母的养老钱，我经人介绍，为一家叫"萍楼诡事"的都市传奇公众号写文章。一段时期，"萍楼诡事"阅读量直线上升，稿子需求量大，编辑也催得紧。为了赶稿，我整日蹲在公寓里，黑白颠倒，不到两星期就头痛、多梦，身体支撑不住了。

我感觉自己需要好好休息一下了，在网上看到成都郊区有个极好的休闲之所，价格还算公道——进去吃住半个月，开销远低于在杭州。考虑到暂且找不到工作，不如趁机到山里静心修养，学不到知识也权当放假，于是我便报名了。

众人静心休息时，地板猛烈震动。下一刻，众人睁开眼睛，房间的灯全被打开。我坐起身，见贝姨在推一块可移动的黑板，滚轮与地面发生摩擦，发出刺耳的声响。我揉揉睡眼，见贝姨在黑板上画两个圈，她莫名其妙地问："朋友，你们觉得人可不可能同时存在于两个地方？"提问没头没尾。房间里一时死寂，只见贝姨脸色阴沉。这时，一个三十岁出头、方框眼镜、寸头的男性举手。我与他在大巴上聊过，此人名叫邵波，在私企车间做技术人员，这次是陪老婆出来旅行的。

邵波说："我在私企，是集团片区工会副主

席、生产车间支部书记、集团钓鱼社的负责人。"

贝姨说："没人关心你的背景，说重点。"

邵波说："虚职多起来，事情就忙不完，有时几件事都推不得。有些活动照片拍得早，用时配文字才发出来。新闻稿里，我时常同时存在于好几个地方：既在一线生产，又在总部汇报，还在片区钓鱼大赛领奖。"

贝姨说："这是弄虚作假，不算。"

邵波说："这不是弄虚作假，因为全公司都心知肚明。"

贝姨说："你去钓鱼，车间同事看不见你，你骗不了他。"

邵波说："你错了。"他掏出手机，翻好联系人，递给贝姨，"这是我隔壁工友的微信，你可以打电话过去，问他我在哪儿。"

贝姨说："这是你的手机。"

邵波说："不冲突。"

迟疑间，坐在地上的陈巍抢过电话，拨过去。电话接通，陈巍说："喂，是邵波的工友吗？"对方用迷糊的声音说："是的，大半夜你怎么有邵波的手机？"

陈巍问："邵波在哪？"

对方说："在我旁边。"回答间，隐约有女人问话。

陈巍笑道："难不成邵波是你老婆？"

邵波夺过电话，也笑道："老李，是我，邵波。我现在在成都这边，离你十万八千里呢。"

老李一愣，也笑道："邵波你放心，给我坐老虎凳，你也在我身边。"

没人答到贝姨想要的点，话题难以推进。另有人给出答案，她都摇摇头。众人也就不再掺和这个问题，自顾自做其他事情去了。

陈巍自我介绍，说他是十八线音乐人，搞的音乐风格叫"蒸汽波"。我介绍自己是故事写作者，陈巍听完大呼音乐与文学不分家。午饭吃的面条，是贝姨手擀的，很筋道，配上自种的白菜，虽只有可怜的几根肉丝儿，管饱是管饱。我与众人不相熟，捧着瓷碗到庭院墙角，陈巍也跟来了。

陈巍说："小说家，你为啥选择来成都旅

行？"

我说："说出来怕你笑话。"

陈巍说："你讲我听着。"

我说："我想在旅途中搞创作。长时间待在一个地方没有灵感，出来走走或许能找到初心。"

陈巍说："兄弟，你跟我想一处去了。"

我说："哥，你是为搞音乐创作？"

陈巍说："没错。音乐和文学一样，都掺不得半点假。文学行当我不知道，但音乐圈背离初心的太多。"

陈巍正吃一口面条，被呛得流出了鼻涕。我忙递纸过去，说："大哥，何以见得？"

陈巍说："你有没有想过，世界本该是什么样子？"

我摇摇头。陈巍又说："那你听过一个'左脚踩右脚'的招式吗？"

我依旧摇摇头。陈巍说："上午你说你在杭州，新一线城市。在那里生活，你被现代化建筑包裹，吃的是加工过、拼盘精美的食物，看到的树木也被精心设计过……总的来说，你见到的所有东西，都是设计者将他们内心拟造的影像投射到现实中的产物。"

我说："是这样的。"

陈巍说："因此，如果你是杭州人，从出生起，就不曾见过世界本来的面貌，而是在先人内心的投影中生活，在此基础上，创造出新的艺术。"

我说："没错。"

陈巍继续说："我想让自己遨游，离开眼前的世界，看到它本来的面目，也不是看，总有一种奇怪的接收方式，甚至不需要眼睛、鼻子和耳朵。你是搞文学的，应该能理解。还记得吗？《庄子》提到，'夫列子御风而行，泠然善也，旬有五日而后反'。我们管不了自己的梦，但是出来走走总会有新的发现。"

我说："除了旅行，总还有别的办法，你搞音乐那么长时间，没找到吗？"

陈巍说："我一度以为找到了，抛开外部世界的条框，我本以为，最接近灵魂的声音，是音乐里的一个很小的流派，叫蒸汽波。它兴起于

2010年初，声音都是电子合成的。它告诉我，真正的世界不是一种实体，而是波。"

我说："你都找到了，为什么还要过来？"

陈巍说："蒸汽波，你一听这个名字就感觉它被工业文明污染过。其实这也无可厚非。蒸汽波里烦躁的、浮夸的杂音，正映衬一些人被玷污的灵魂。只是我们搞音乐的总想将音乐中的杂质剔除出去，但总要找好参照物，才能确定坐标。你记得吗？学院让我们静心冥想时，都推荐我们听钵的声音。蒸汽波与颂钵声这两种音乐，都让人有种空灵的感觉。"

顾蓉蓉在学院里打扮得最时髦。学院地处深山，水源只有院里抽水机打井改造的水龙头，早起洗漱要排队。别的女性学员再过分，顶多抹口红调整气色，顾蓉蓉却日复一日地起床化妆，睡前卸妆。她从粉底开始，眼线、睫毛、眉笔、腮红、高光、修容一个都不落下。大家站一起时，她的皮肤比其他人白很多。清晨，她将长发绾起，松垮垮地盘在头上，露出雪白的天鹅颈。她瘦削、方脸、高颧骨，一双杏眼，配上鲜红的嘴唇，虽不算惊艳，但还是让人忍不住注目。

我和顾蓉蓉唯一一次单独相处，是在来学院一星期后。有次半夜睡不着，我拿了个光线微弱的手电筒，沿石板路来到学院后面的山林。后山一片漆黑如梦境。石板路不长，大约十五分钟绕一圈。手电筒光线微弱，但仍能看出这里人迹罕至：石板上有各种树枝、不知名动物的粪便等。在大雨的洗涤下，部分石板一半有余被泥土吞没。我用手电光四处探索，突然见不远处背对我站着一名白衣女子。我走近一看，这女子原来是顾蓉蓉。

我说："你吓到我了。"

顾蓉蓉一脸茫然，说："你怎么在这里？"

我问："我怎么不能在这里？"

顾蓉蓉说："你应该在成都。"

我说："这里就是成都。"

顾蓉蓉说："是这样吗？"

我说："不然你以为在哪儿？"

顾蓉蓉说："这里的树，和我在台州工作的

林业站的一模一样，我正在想怎么找不到回去的路。"

我问："你记得你在干什么吗？"

顾蓉蓉说："我迷迷糊糊地醒来，想上厕所。我工作的林业站平时就我和一个中年人，可能是习惯了。今晚，我出来看树林里没人，就往里跑，结果迷路了。"

我说："这地方我熟，我都走好几天了，沿石板路走就好。"于是我带着她一道往回走。

与顾蓉蓉相遇的地方离学院位置较远。我不擅长与陌生女人聊天，气氛一度很尴尬。

我说："我在杭州找工作，离你很近。"

顾蓉蓉说："我知道杭州，我在那里上大学的。"

我问："哪个大学？"

她说："农林。"

我说："怪不得去林业站。"

顾蓉蓉说："我是定向生，我报考农林时，我就知道四年后要回到台州的林业站。"

我问："那一定很孤独吧？"

顾蓉蓉说："方圆几里荒无人烟，只有同事，得二十四小时打起精神。我来成都，是想趁有时间出去看看。"

快走到学院后门时，顾蓉蓉说："你自己回去，我迷路了被人知道太尴尬了。"我还想说什么，她已隐没于夜色中。

后山归来，我同顾蓉蓉再无交集。假期临近结束，学员们草草地在学院门口合张影，便分开了。

在学院里，我只加了陈巍的微信，也没再联系。后来看朋友圈，发现他又改探索其他流派的音乐，再后来，更是我看不懂的单词。

从成都归来，我回到杭州公寓，白天出去找工作，晚上便坐在床上继续为"萍楼诡事"公众号创作，渐渐将成都之行相关人事抛脑后。这日深夜，我心血来潮，躺在床上练习冥想。迷糊间，听到门外有敲门声。打开门，只见顾蓉蓉穿着棕绿色制服，湿漉漉的短发，神情疲惫。

我问："你怎么找到我的？"

顾蓉蓉说："我上大学时暑假打工，也在这

个公寓楼居住过。"

我说："这也太巧了。"

顾蓉蓉说："你就不让我进去吗？"我忙让开身体，顾蓉蓉没多说，倒在我的床上，伸手关掉床头灯。

我在床边躺下。关灯后，没适应黑暗，开始我看不见顾蓉蓉，只能通过呼吸判断她脸的方向。顾蓉蓉经常翻身，偶尔深吸气，随之传来不耐烦的呼气声。过一会儿，我假装睡着，试探性翻身，手"无意"搭上她的腰，继而偷偷握住她的手腕，试探她的脉搏，她的心跳渐快。顾蓉蓉也翻身，面向我，却没丢开我的手臂。顾蓉蓉说："我每天都好累、好困啊！"说完，她像婴儿一样，身子开始蜷缩，离我越来越近……

突然，她说："我从那么远的地方来，有点饿了，你去超市买点吃的吧。"我麻利地穿好衣服。

外面风很大，很冷。在超市货架前，我迟疑许久，只买了些零食。我回到房间，卧室的窗帘被拉开，后面是阳台的玻璃滑门。此时，屋里透亮，玻璃滑门被打开，外面有一个3米深的阳台。我没有开窗的习惯。阳台的窗户半掩着，窗帘在风中翻动。窗户外面是高架桥。高架桥上车流涌动，虽然有隔板，但仍透露出闪烁的车灯。视线尽头，远处高层建筑有彩灯，白底红字的"I LOVE 杭州"。灯光透过翻动的窗帘打在天花板上，像波浪。顾蓉蓉躺在床上，棕绿制服的纽扣被解开。她打开手机扬声器，在听落日飞车的《我是一只鱼》。陈巍曾告诉我，这首歌也是蒸汽波风格。

我说："这歌好伤感，你想起谁了？"

顾蓉蓉说："太热了，我开了窗，你不介意吧？"

我说："我不介意。"

顾蓉蓉又说："吃的买了没？"

我将袋子递过去。顾蓉蓉说："怎么只买了零食？"

我说："没有什么吃的，你随便吃点吧。"

顾蓉蓉吃完后便躺下，我听见她在哭，就拍拍她的肩膀。顾蓉蓉说："我不想待在台州。大

蒸汽波

学寒假时，爸妈开车带我去看了工作的地方，
在山里，开车要三四个小时。林业工作站很破
旧，周围什么都没有，我要在里面待五年。我在
杭州，每次看到城市，都是如梦如幻的，最快乐
时，看到天空飘下来的彩带，看到紫罗兰光束透
射特效烟雾，总想哭。为什么我的青春就要待在
山里？今年六月份，我到林业工作站报到，我就
觉得自己的青春被毁了，于是逃班逃到成都，但
最后还是要回去。”

顾蓉蓉倒在我怀里，屋里的空气清新，却让
我感觉到压抑。恍惚间，我也希望自己是一只
鱼。我说：“我也是一只鱼。”顾蓉蓉说：“我
不相信。”我从书包里倒出电子烟，躺回床上。
机器启动，过一会儿，我开始吐烟圈。烟圈缓
缓上升、扩散，碎裂开来，像露出水面的鱼的泡
泡。

被子从她身上滑落下来，顾蓉蓉起身，站在
电视机前，开始脱衣服。

我说：“窗帘没拉。”

顾蓉蓉说：“没人会看。”

见我移开目光，她又踮起脚，顺着《我是一只鱼》的鼓点，跳舞似的在我眼前晃悠。走不到两个八拍，她落地时扭到大脚趾，蹲坐在地上揉了好久。痛觉渐去，顾蓉蓉走到窗边，趴在窗户上向外看。商业区霓虹的余光落在顾蓉蓉的身上，只剩素色的光。光线下，风吹动发丝，她眯着眼。我走过去，搂住她。顾蓉蓉说："我也要吸。"我拿来电子烟，递给她。顾蓉蓉咬住烟嘴，看脚丫底来回的车流，吸一口烟吐出，烟圈被风吹散。

　　我有些冷。我说："我们回去吧。"

　　顾蓉蓉说："你能让两个我同时存在吗？"

　　我说："不能。"

　　顾蓉蓉又试了几次，直至将烟油用尽。

　　我说："我也没有烟油了。"

　　顾蓉蓉盯着我，说："你嘴巴里有烟的味道吗？"

　　顾蓉蓉凑过来，亲吻我。我抱着她。

　　我换个话题说："你不是在台州林业站吗，怎么跑过来了？"

蒸汽波

　　顾蓉蓉说："在林业站待太久了，太闷，就想出来看看。"

　　我说："那你是怎么过来的？"

　　顾蓉蓉说："坐高铁。"

　　我说："睡吧，明天还要上班。"

　　顾蓉蓉说："你上什么班？你没工作啊。"

　　我问："你怎么知道？"

　　顾蓉蓉没有回答。

　　顾蓉蓉还没睡，我听见她吟唱道：

若能蒙住我的双眼，
是否可以，更贴近你的呼吸？
像混沌世界里，
婴儿听母亲的心率。

若能剥离我的肉体，
是否可以，拉近我们的距离？
待一切挣脱束缚，
什么才是生命的节律？

我的降临，卑微的，
新燕衔泥草坠入池水，
不见涟漪。
那天睁开眼，
我就知道往后的日复一日都不会看清你。
于是我总想，
你本该是什么样子。

你本该是什么样子？
喧闹或宁静。
有人终其一生久居一地，
你不吝惜，仍风情万种，
于是他们以为，
那就是你。

我想与你走过：
东海的怪石岛屿，
南朝的城郭庙宇，
西疆的浓雾弥散，
北域的乱石戈壁。

蒸汽波

每到一处，我总想，
你本该是什么样子。

我知道，
世界总是先被建立，
然后才分崩离析。
一人纵有千面，
也难捕捉你的一瞬。
我没有——
兔子的耳朵、狗的鼻子、苍蝇的眼睛，
他们说，
那会又是一个你。

请让我聆听，
或者带我逃离。
我是说，带我走吧。
不要捏造谎言让我沉溺，
我能接受事实惨烈的冲击。
带我走吧，请带我走吧，
我愿舍弃我的双眼、我的肉体，

请让我聆听，带我逃离。

我抱着她，不知什么时候睡着了。天快亮时，我隐约看见顾蓉蓉与我告别。她好像在问："你要和我一起走吗？"我想起身与她一起，却只能摇摇头，又沉沉睡去。第二天醒来，天已经大亮，只有我一人躺在床上，枕边的笔记本不知何时被摊开，二面记满昨夜的诗。我头痛得厉害，以为是梦，回头却见阳台的推拉门与窗户一夜没关。我得了重感冒，没去医院，只喝了感冒灵，吃了点头孢，在床上躺了多日。大病初愈，房东来敲门，要收房租，我却没有钱。纠结了两三日，我终于再没脸面在大城市混下去，只得匆匆回故乡。后来，我在家乡的相亲会上认识了妻子，有了孩子，又忙于生活的庸俗，再没回过杭州，也再没找过顾蓉蓉。

和平年代

一

年关，钱潮路大学城人去楼空。学生如潮退，房屋是黏附礁石的藤壶。Flora花店，下班点到了，闫晓楠却不能走。她的男友是浙工大建筑学室内设计系毕业的，几个月前为一家机构前台设计隔断，雕花板材质，"钱塘潮"状，却在除夕夜被打回底稿。闫晓楠守着店，到底屈服于肚子的抗议。她偷溜出去，街道上黑咕隆咚的，如刚撤离的切尔诺贝利。江边刮来野风，临街只有张记螺蛳粉还没有关门。闫晓楠打包了一份螺蛳粉，多加酸笋、小米辣，躲回花店柜台后面吃。

偏偏这时有人造访。来客是一个男性，六十多岁，头发四分之三白，三七分，身穿新的浅棕皮夹袄，围着旧的灰蓝色毛线围巾，呈绒状，戴皮手套。杭州冬天虽冷，鲜有这般厚重的搭配。男人将行李箱靠在门边，掏出一团报纸，不知裹着什么，像锤子。男人绕花店半圈，戳戳未开的兰花苞，揪揪花蕊。欲擒故纵，闫晓楠心想。柜台前，男人鼓弄酸枣木架上的黄白胶囊咖啡机。咖啡机已经报废，是做装饰用的。闫晓楠将螺蛳粉包装袋系好，连纸碗藏在桌底，用袖子一抹溅出的汤汁，死死地盯着这个男人。

男人将包裹物轻放在柜台上，摘下手套，叠放于一旁。报纸是《北京晨报》。男人说："生意不错。"

闫晓楠说："没生意，都揭不开锅了。"

男人说："少骗我了，这家店，我读大学时就在。"

闫晓楠一愣，男人操北方口音，竟曾是这里的学生。闫晓楠说："过年放假，大学城都空了。"

男人说："我读书时，倒没在意这些。"

闫晓楠说："嗯。"

男人说："学生走了，你为什么不走？"

闫晓楠说："连锁店照常营业。"

男人说："老板还在？"

闫晓楠说："不在，她住附近，晚上会经过。"

男人说："姓安？"

闫晓楠说："你找她？我帮你联系。"

男人说："不必了。"

闫晓楠沉默。

男人说："花店开到几点？"

闫晓楠说："不知道。"

男人点点头，坐上柜台旁的原木高脚凳，后脖颈被棕叶刺痛，他嫌碍事，把棕叶别到酸枣木架后头。男人说："闲着也是闲着，我给你讲个故事吧。"

二

那时，我和你差不多大，甚至还小点。你应该知道一种女人，或许你也是。怎么说，换以前，我绝不敢搭讪这样的女人。我同Jessica是在一个社交软件上认识的。Jessica是她的网名，与莎翁的《威尼斯商人》中的角色同名，喻指独立、大胆求爱的女性。她也如此，至少从朋友圈来看是这样的女性。干练的短发，无瑕的肌肤、身材，时髦的衣服，精致的生活，乍看起来，挺不真实的，像电影里的人。我们相谈甚欢，我约了她。

我羞于启齿，可为了故事完整，不得不告诉你，我是个小说家。我在大学时创作小说，只在期刊上发表过，无人问津。别人介绍我，总说我是小说家，却没人知道我的作品。无意冒犯，就像你的螺蛳粉里没有螺蛳，空有其名。我是说，你大可不必藏着掖着，拿出来吃吧。认识Jessica前，我刚大学毕业，我读的是中文系，就在这附近上学。我没找到工作，穷困潦倒，却认为只是我不愿意。不知你是否有宿命感，也可能是小说家的执着。我认为贫穷能激发灵感，于是刻意营造这种状态。我在萧山区临江的地方租了房间，闷头创作。

蒸汽波

　　我要写长篇小说，叫《革命年代》，里面有一条主线：1963年，化学工程系的陈恒瑞满腔热血，以为人人都喜欢英雄。为讨暗恋女生刘芳怡的欢心，他响应国家号召建设边疆。临行前举行欢送仪式，操场的篝火旁，陈恒瑞鼓起勇气，问刘芳怡喜欢什么样的男生。刘芳怡说："我喜欢平凡的，能陪我过一辈子。"陈恒瑞认为刘芳怡在拒绝自己，心碎地踏上列车。之后陈恒瑞被选中研究核潜艇发动机的G型仿聚合物。多年后，英雄事迹公之于众，省里要授他荣誉勋章。陈恒瑞给刘芳怡打电话，希望她能出席授予仪式。刘芳怡说："我要接孙子，没空。"构思这个桥段，我的本意是突出英雄在面对个人、集体利益冲突时，内心犹豫却坚定地抉择。可我始终不能理解，晚年陈恒瑞对刘芳怡的态度。

　　我决定找大学同学兼室友——陈涌辰。他是杭州人。在寝室里，我半夜看电子书，陈涌辰总在熄灯后晚归，每次搞得乒乒作响。后两年，他不住寝室，偶尔回来，也满是香粉气。我以为，陈涌辰甚于拜伦的唐璜。他的世界光怪陆离，今日的我也不能想象。我生于北方边陲，想在杭州生存，眼里都是鸡零狗碎，私生活更乏善可陈。我不能理解爱情的浪漫情调，只得求助这在霓虹光影中混出名堂的浪荡子。

毕业后，陈涌辰在某测绘院做文职工作。半夜时分，我拨通他的电话，电话里面混乱嘈杂。他在西湖文化广场皇后酒吧，让我过去。我没去过歌舞场，翻箱倒柜，穿了件初入大学时买的黑色短袖。我那时初到杭州，虚荣心爆棚。短袖穿了多年，早已被洗到褪色，质地破烂。一进酒吧，慢摇滚音乐搭配激光雨，震得我两眼发黑，脚底发软。紫罗兰光束如机关枪，在人群间扫射，想捅上天。靠近LED光板的卡座，我看到陈涌辰。他穿杏色方格小礼服，系红领带，头发油亮。

卡座旁有雅马哈音响，震得我耳膜疼，Gin and Tonic（金汤力）里的柠檬片也在颤抖。陈涌辰拍拍我，手指向室内的舞池说："现在，到里面去找个女人搭讪、恋爱。反正你总要被甩掉。

听着，完全地付出，再被拒绝。是逢场作戏，却爱得深刻。像但丁献媚于初恋女神比阿特丽丝、歌德爱而不得夏绿蒂、戴望舒忘不了施绛平、顾城恋上李英。陈恒瑞，因为刘芳怡不爱他，成为英雄。你因为被薄情女抛弃，成就巨著。明白吗？"我点点头，起身，迟疑着。

　　当晚，T台的脏辫DJ随音乐律动，人群围着T台摇曳。男女游走于激光雨林间，如远古狩猎场。荷尔蒙挥发，在酒气缠绕间蒸腾，混上汗液、香水，空气也黏稠了。我病恹恹地返回出租屋。我不喜欢浓妆艳抹的女人。不是不喜欢，是不敢，那种女人太有征服欲。滑动屏幕，我遇到Jessica。你要明白，她是我真心喜欢、此前又不敢碰的类型。

三

　　弗洛伊德在《创作家与白日梦》中说："创作者都是白日梦者。"中文系学生的文学理论，大多沿袭于此。构思《革命年代》，我常梦到小说场景：操场篝火旁，我是陈恒瑞，穿海军蓝白T恤，脚踩快透底的解放鞋，隔着篝火偷看刘芳怡。真心话环节，装酒的铁壶散落一地。趁酒劲，我问刘芳怡："你喜欢什么样的男生？"刘芳怡别过头，说："我喜欢平凡的，能陪我过一辈子。"木柴噼里啪啦地烧，热空气扑面而来。视野扭曲，刘芳怡的样子逐渐模糊。可是，我好爱她。

我们互加微信，同Jessica聊天一周，每天报备饮食起居。她在钱潮路开花店，小说家擅长虚构，水到渠成。作为《钱潮晚报》的摄影记者，我不是去太子湾公园踩点报道狂欢音乐节，就是陪同市老年摄影家协会领导到燃气集团采风。图片是从朋友圈或公众号上找的，煞有介事。我总说在忙，其实没什么可忙，坐在电脑桌前，《革命年代》迟迟没动。眼看快到十月一日，报社应当放假。我对Jessica说单位轮休，国庆下午有空，便约了她在钱潮路Pure Land咖啡馆见面。

想到Jessica朋友圈的知性风格，我从衣柜里翻出一件羊毛开衫，蓝白条的，套在身上。搬进来时，衣服都被我随意地揉成团。穿衣镜里，开衫耷拉在身上，皱巴巴的。我拉拽衣角，仍像沙漠中未蜕皮的响尾蛇。临走前，我从抽屉里拿出荔枝纹棕色皮革笔记本，这是文学院送毕业生的：封面镂出龟甲拓下的"文"字，下面附了宋代戴栩的诗，烫金的"吾道今隆矣，人文益粲然"。扉页上，我写下"与Jessica的日记"。翻一页，又写下"十月一日／同Jessica第一次碰面／在她花店附近的Pure Land咖啡馆"。本子随时记录Jessica的素材，融入《革命年代》。思量许久，我钻进铁架床旁的旧书堆，抽出《小王子》。

出租车行驶在江东大桥上，国庆气息扑面而来。隔离带的花篮里破例摆上墨菊，路灯是"热烈庆祝"的标语。桥下，店铺门前红光LED贺词十分夺目，路口有彩色大屏幕，滚动播放人民赞颂的英雄。我在车里回想近来穷困潦倒，拽拽褶皱的羊毛开衫，逐渐沉沦于周边的氛围。我下车后，门前广场的妇女合唱团在表演《黄河颂》，我隔窗看见Jessica，室内是肖斯塔科维奇的《第二圆舞曲》。店员穿绿围裙，戴白鸭舌帽，忙前忙后，柜台旁出售新款胶囊咖啡机，黄白色，赛博朋克风。Jessica身穿白短T恤，紧身牛仔裤，外套黄黑格衬衫。她单点一杯馥芮白。我把《小王子》递给她，说："不是我寒酸，这本书我翻了好多遍，满是我的批注，你看了后会更了解我。"Jessica翻开书，红蓝墨水交映，满是线条、字迹。她合上书，撇撇嘴，说："十九岁时我辍学打工，不常看书。"

没失真的滤镜，现实的Jessica依旧出挑。她齐耳短发，身材不错，两颊微鼓。我想夸她漂亮，考虑到自古美人不缺赞美，便作罢了。如果我愿意，大可引用《勃朗宁夫人十四行爱情诗集》，但话到嘴边，又咽了回去，怕她当我是提前准备的。Jessica开花店，总想要赚钱，准以为"矫揉造作"的诗歌是时代的蛀虫。伊沙的《饿死诗人》中说诗人是"一个用墨水污染土地的帮凶，一个艺术世界的杂种"。Jessica问："你未来有什么打算？当小说家？名垂青史？聊聊童年？"我生在北方边陲，Jessica生在杭州。我会羞愧难当，像福楼拜《包法利夫人》中的夏尔·包

法利，被城里同学嘲笑老土的帽子。挑点有趣的
经历？大多被记忆美化，缺乏真实。我活在和平
年代，再怎么奉承自己，也不过是盛世小人物。
分享日常？那更拙劣，我不曾有什么值得肯定的
悲喜剧。或许，这就是我的一生，平和寡淡的一
生。

　　大脑飞速地旋转着。最终，我决定讲陈涌辰
教我的笑话。我看着Jessica，故作神秘。我说：
"一个冰块为什么退役？"Jessica注视着我，
四目相对，我内心有发怵，忍住胆怯，我的目光
迎上去。Jessica说："为什么呢？"她明眸忽
闪，双目流波。我看呆了。你说里面有星星，我
也不怀疑。Jessica被盯得尴尬，移开目光。我
说："那是因为他已经当冰（兵）很久啦。"我
几乎脱口而出，松了口气，像完成阶段性表演。
Jessica笑眯了眼。她说："你真有趣。"她捂住
嘴，喜悦且克制。我怀疑她没表现的那么开心。

　　我借口上厕所。我将笔记本翻开，搭在马桶
的陶瓷蓄水槽上。"齐耳短发，两颊微鼓"，
《革命年代》能用。"眼窝和下巴有浮粉"，用

不上，画去。"我掩盖自己喜欢诗歌，更不能朗诵情诗。她不会喜欢"，没错，也是个重点。再有，"我讲几个烂俗笑话，提前准备的。不好笑"。紧接着，"知性的女人，总用笑容缓解尴尬"。将内容串联，我咬着笔，打个比喻作结尾："她像山涧那头的小鹿，欢快、跳脱。我是山涧的猴子，在猴群中抓痒、吃跳蚤、看着她。"

对于同女人相处这件事，我一塌糊涂。回到座位后，我开始后悔：约在咖啡馆是愚蠢的决定。陈涌辰告诉我，第一次约女生最好看电影。两人不熟络、没话说，电影能缓解尴尬。

四

梦境是灵感的源泉，可惜不能控制。坏消息是，梦变成梦魇。结识Jessica，梦越发频繁——篝火旁，我与Jessica穿着革命年代的服装。趁着酒劲，我问："你喜欢什么样的男生？"Jessica回过头，说："我喜欢平凡的，能陪我过一辈子。"我说："我要成为小说家，名垂青史的那种，明天要走。"她沉默。木柴噼里啪啦地烧，视野扭曲，Jessica的样子逐渐模糊。可是，我好爱她。

洗把脸，我清醒了，想探望Jessica的花店。她犹豫许久才答应。我带的荔枝纹棕色皮革笔记本已写了三分之一。我在钱潮路口下车。初次去花店，应带点礼物。快到圣诞节了，街上香樟裹上金箔，橱窗装饰彩灯。我推开门，进入Pure Land咖啡店，圣诞老人玩偶向我问好。我说："我想买胶囊咖啡机，黄白那款。"店员说："只有样机。"我说："好。"搬机器出门后，我问Jessica要了花店地址。她发来定位，不在钱潮路。福雷德支路，细且窄的街道，青蓝地砖松动，积水溅到我的脚上。"香百合鲜花店"招牌红底白字，宋体。推拉门是铝合金材质，半地下室结构，低矮，白墙渍水。铁架间，Jessica涂着淡妆，浅灰高领毛衣，驼色呢大衣，系蓝围裙，上面有"香百合鲜花店"字样。四周花丛稀疏，我将咖啡机搬上铁架，说："这地方不好找。"Jessica沉默。我说："万事开头难，这里租金不低吧？"Jessica说："还行，交完租金，拿的和记者差不多。"这时，有位妇女进来，五十多岁的模样，穿棕色薄羽绒服、灯芯绒紧身黑裤、黑高跟鞋。我准备招待，妇女一拍Jessica，说："叫我替你的班，老板要骂。"看了我一眼说，"顾客？"我说："朋友。"

　　Jessica脱下围裙。店里三个人太挤，我俩出来了。我敲敲"香百合鲜花店"招牌，不锈钢的，上面已落满灰尘。Jessica说："我早觉得这名字太土。"我说："将来有店，坐标钱潮路，不能叫这个。"Jessica问："那叫什么？"我说："Flora。"Jessica说："佛啦？这么随意吗？"我说："Flora，罗马神话的花神。"她说："有什么故事吗？"我说："没什么，她是西风之神Zephyr的情人。"她说："情人？"我说："嗯。"她说："你不会要找别的女人吧？"我说："怎么会？"她说："我骗了你。"我说："我不是记者，是小说家。我也骗了你，我们扯平了。"Jessica说："哼，我早看出来啦。"我说："怎么看出来的？"她说："你给我拍照，比我自拍还丑。"我无语。我们逛完西湖，坐地铁1号线回去。Jessica在我怀里，抬头瞪我，像小孩。和平年代，地铁1号线人头参差，摩肩接踵。二十出头，我身处其中，随人潮涌动。我一无所有，唯有怀里的Jessica。

<h2 style="text-align:center">五</h2>

我在睡觉。梦境里，篝火旁，我与Jessica穿着革命年代的服装。趁着酒劲，我说："我喜欢你。"Jessica回过头，说："我喜欢英雄，你太窝囊啦。"可是，我好爱她。我惊醒了，陈涌辰在踹门。我打开门，陈涌辰面容憔悴。他穿着三色Polo衫，Levis牛仔裤，红蜻蜓黑皮鞋。陈涌辰爬上单人床，床板吱呀作响。他翻来覆去，痛哭流涕。陈涌辰上次哭，是在大二时。

陈涌辰嘴贱，可我俩关系不错。我以为，陈涌辰是萨德侯爵，他发论坛的文章是《闺房哲学》。陈涌辰精于此道，在他的文学世界，自立为王。我说："这是和平年代。"陈涌辰说：

"这是无英雄的时代。它葬送我跌宕的梦想，毁灭我骑士的人格。我本该骑战马、拿长矛上战场，实现征服。如今，我只能在歌舞场狩猎，征服别人。这使我痛苦，因为它是退而求其次，是妥协。"

六

你相信吗？我正处在最爱Jessica的阶段，却要主动提出与她分手。我非受虐狂，却主动寻求痛苦，只因我生在和平年代。我彻夜未眠，脑子里满是Jessica。她并非完美女人，却真实、立体。她生在杭州，喜欢大牌，爱慕虚荣，喜欢撒谎。我生在北方边陲，单调乏味，勤勤恳恳。她在花店工作，喜欢绚烂、跳跃且短暂的东西。我创作《革命年代》，钟爱简单、庄严且永恒的事物。我们不会长久，只是尚无嫌隙。拖下去，是我厌弃她，那时痛苦将不复存在。Pure Land咖啡馆里，播放贝多芬的《c小调第八钢琴奏鸣曲（第二乐章）》。店员戴着白色鸭舌帽，穿着绿围裙，忙前忙后。柜台旁出售手摇咖啡机，军绿色的，二战风格。Jessica穿了件白色短款上衣，黑色打底裤，雪地靴。她抿一口馥芮白，双手托着白瓷杯，颤抖不已。Jessica说："为什么？"我说："我们不合适。"Jessica说："我在变，我开始读书，想靠近你。"我说："人很难改变的。"Jessica说："你知道小王子离开星球，玻璃罩里的玫瑰说了什么吗？"我说："不关心。"Jessica说："我爱你，但由于我的过错，你没领会。"我说："别说了。"Jessica说："我应该看她做什么，而不是她说什么。"我说："够了，是我的原因，我贫穷、感性，配不上你。"Jessica说："我不相信。"我说："事实如此。"Jessica说："你是懦夫。"我说："我是。"我起身离开，全程低头，没敢看Jessica一眼。

"大洪水"遍布数百种文明的神话。梦境里，操场篝火旁，陈恒瑞心碎地掩面，起身离开，登上方舟。操场上，刘芳怡遥望背影。瓢泼大雨，篝火熄灭。操场坠入深海，沉寂的蔚蓝。马里亚纳海沟的深渊，刘芳怡闭上眼，葬送黑暗。她多希望陈恒瑞留下，是平凡的，陪她过一辈子的。撒哈拉的沙丘上，小王子是旅者，满心疲惫。他刚给绵羊画上嘴罩，如今正凝视夜空。夜空如深海般深不可测，淹没了属于他的玫瑰。领奖台上，陈恒瑞万众瞩目，接受勋章。他想，或许刘芳怡曾愿意，只是自己怯懦。这怯懦极度膨胀，要经天纬地的家国情怀才能包装。他别无选择，软弱到成为英雄。至少，在革命年代，他是英雄。

　　出租屋里一片漆黑。电脑开着，Word文档忽闪，字数迅速累积。我面色惨白，半眯着眼，用舌头舔舐嘴唇。我想起Jessica，像亨伯特教授想起洛丽塔。我说："Jessica，Jessica，真是美丽的单词！发音时，舌头轻弹牙齿，由紧密到开合，如Jessica本人，青春、顽皮。"渐渐地，悲伤稍淡去。

二十岁那年闫晓楠死了

一

蔫软地撑到了第二十个夏天，周牧羊将湿漉漉的身体丢在了课桌上。教室里，老师蔫软的声音随着空气中的汗液翻滚着向上蒸腾；教室外，连蝉也噤了声。

"明天早上，带点钱，到你家巷子口小卖部等我，我带你去看闫晓楠。"要换作平日，周牧羊绝不会搭理欧德斯基，可如今听到闫晓楠的名字，愣是打起了十二分精神凑了上去。

欧德斯基这边却没了下文，他的目光死死地咬住了座位前面顾蓉蓉的后背，双手在空中比画着什么。周牧羊白了他一眼，别过头去，用手轻敲了一下顾蓉蓉的后脑勺。

"肩带……肩带……"周牧羊刚张开嘴，下一刻顾蓉蓉便条件反射般地穿上外套，临了，还不忘回头狠狠地瞪了欧德斯基一眼。

周牧羊二十岁那年夏天，班里的最后一名女生有意识地裹上了她的外套。

二

"闫晓楠，闫晓楠……"嘴里嘟囔着，周牧羊有些后悔答应欧德斯基到外面来。

歌厅里开着冷气，周牧羊缩在包厢的最拐角，他耷拉着眼皮，却敏锐地捕捉着大屏幕上的每一张面孔，可闫晓楠始终没有出现。欧德斯基和小青年们拿着麦克风在茶几和沙发间蹦跳着，包厢里的彩灯绚烂，让周牧羊有些恍惚。他刚才花了那么多钱，包了所有的酒水，如今却不能见到闫晓楠，哪怕一眼。

昏昏欲睡。

五个小时后，当一位小青年提着嗓子正要飙起高音时，屏幕上的字幕却戛然而止。

小青年将话筒扔向了欧德斯基，不甘地坐回

到座位上，与此同时，周牧羊却瞪大了眼睛——

那是一条禁毒的宣传片，闫晓楠穿着雪白的长裙，笑意盈盈，嗓音清脆，仿佛能洗净每一个人的内心。

"为了您和家人的健康……勿以恶小而为之……人在做，天在看……"周牧羊第一次来了精神，一下跳到了茶几的最前面，小声重复着闫晓楠嘴中吐出的每一句台词。

"哟，看着你这么久没反应，原来对她有兴趣啊。"另一个小青年微眯着眼睛，戏谑地挤坐在周牧羊的身旁。

"长得不错啊，就是身材差点儿，要不然怎么会穿得这么保守！"沙发上的那位应道。

"这小子一天到晚都想着些什么呢！哈哈哈……"周牧羊旁边的小青年敲了一下周牧羊的脑袋。

包厢内彩灯绚烂，周牧羊感觉像做梦一般。上一刻，茶几上的小青年还在带着节奏地拍着他的脑袋，屏幕上的闫晓楠还在微笑……下一刻，周牧羊打出了人生中的第一个巴掌。

小青年发怒了。闫晓楠的白裙飘飘然，周牧羊感觉到自己的喉咙被死死地扼住，有些喘不过气来，脸上的巴掌和拳头一堆又一堆，像是没有尽头。

"闫晓楠，闫晓楠……"自始至终，周牧羊哭喊着闫晓楠的名字。

"你的微笑，你的举止，好美。我必将为之倾覆，为之沉沦……"

像做梦一般。最后欧德斯基迅速从周牧羊的口袋里摸出了剩下的所有钞票，孝敬了几位小青年。领头的冲着欧德斯基的脸上吐了一口痰，转身又在周牧羊的肚子上踹了一脚，这才离开。

包厢内彩灯绚烂，红红绿绿的灯光拍打在周牧羊的面孔上，也拍打在屏幕上闫晓楠雪白的长裙上。周牧羊感觉很挫败，模糊中看着屏幕上自己喜欢了好多年的闫晓楠，如今依旧笑意盈盈。

"你我都不干净……可谁又知道呢？……我就不信你没想过那些……"欧德斯基坐在周牧羊的旁边，"你为她的生与死，她又能知道吗？……她难道就没有做过些什么见不得人的事情吗？……"拾起小青年没抽完的烟头，欧德斯基仅吸了一口，就呛得咳嗽了好几声，又扔了回去。

"闫晓楠，我做的一切你知道吗？"二十岁的周牧羊嘟囔着，他实在是太困了。

"人在做，天在看。"屏幕上的闫晓楠微笑着。

三

浴室里，淋浴声，敲背声。

昏暗的灯光下，搓澡工一身横肉，浴池里悬浮着各种污垢。走出池子，二十岁的周牧羊和欧德斯基静静地趴在两张垫子上。

"闫晓楠，闫晓楠……"周牧羊嘴里嘟囔着，双眼直愣愣地盯着不远处的墙壁，墙上的瓷砖早因脱落而裸露出灰黑的水泥，滋养着各色霉菌。

"兄弟，对不住了。"欧德斯基懒散的声音从一旁传来，"这次澡就算我请了。"

周牧羊没有回答，他将脸完全压在了垫子

上，却又因为唇边沾满灰尘而吐着口水。

"捶吗，小伙子？"搓澡的中年男人狠狠地拍了一下周牧羊，吹着最欢快的口哨。这里的捶背都不过是低端场所里最低端的服务，周牧羊原本一直十分厌恶，可一看身边一脸享受的欧德斯基，又觉得自己十分可笑。自己和闫晓楠或许根本就不是同一个世界里的人，自己属于这里，又装什么清高呢？

"捶吧。"周牧羊很是泄气，瘫软在垫子上。

"捶认真点。"欧德斯基在睡梦中应和着。

昏暗的灯光下，淋浴声，敲背声。

周牧羊忽然想起了自己小时候常和父亲一起去澡堂洗澡。每次洗完澡，父亲总会让自己闻一下身体，代表洗干净了。这一次周牧羊又偷偷地闻了闻自己的身体，才发觉往年代表洗干净的味道都只不过是澡池里令人作呕的臭味。周牧羊忽然觉得自己很肮脏。

走出浴场，在小镇将他淹没的午夜的泥沼里，二十岁的周牧羊滑进了曲折幽暗的小巷。

四

在周牧羊的心里，闫晓楠应当是暖阳下在林间奔跑的一只小鹿，不论市井用如何粗鄙的语言去诽谤她，她也只会摇一摇耳朵、歪一歪脑袋，报以微笑。周牧羊觉得自己不过是山里的一只猴子，永远只能抓耳挠腮，隔着山涧，傻笑着看她。

周牧羊的这个想法一向很坚定，不过他最初产生怀疑，是在从歌厅归来的一个星期后。

那晚欧德斯基呆傻地坐在座位上，瞳孔涣散，下意识地伸出了手比画着，却在某一刻突然听见啪的一声——顾蓉蓉裹着外套，双手环抱着跑出了教室，欧德斯基追了上去，再也没有回来。

放学时大家都只见顾蓉蓉红着脸，同欧德斯基一块站在没有灯光的楼梯口。

那天晚上，月亮升得很高，暗光映照在欧德斯基山峦般突起的五官上，拉起了长长的影子。他看着周牧羊，忽然咪咪地笑了。五官狰狞地簇拥在一起。

也是从那天起，班里第一次有女生在略显清寒的夏夜，反倒脱下自己的外套。

那时周牧羊才觉得自己也应该有一个爱人——互相爱的爱人。他想过很多人，可脑子里挥之不去的总是闫晓楠的影子。她的微笑，她的举止，就是最甜美的魔咒，使人为之倾覆，为之沉沦……

可等到周牧羊开始幻想到闫晓楠与自己相伴着走出教学楼，还红着脸时，就觉得不再那么美妙。

五

欧德斯基总是带坏二十岁的周牧羊，譬如把他带到了县城的网吧。

在那个消息闭塞的小镇，县城的网吧给少男少女们带来了许多了解未知事物的可能。周牧羊学会上网后的第一件事，就是每天打开搜索引擎，查找"闫晓楠"这个名字，点击最新的一条动态……

"我是身不由己。"

那天新闻发布会上的闫晓楠没有化妆，圆圆的墨镜罩住了大半个面孔，她手拿着纸巾，不停地抵着墨镜的边缘擦拭着面颊，伤心得像个孩子。一袭黑色的长裙，领口低，露出大片雪白的肌肤。

"闫晓楠，闫晓楠……"屏幕前，周牧羊嘴唇发青，嘴里嘟囔着。他浏览着新闻，右手手指发软，不自觉地在鼠标上敲动着。周牧羊感觉每一次打开窗口时，系统音都像冰锥扎透他的心。

与此同时，社交媒体上，欧德斯基发来了一个文件，却并没有附上任何讯息。

周牧羊脸色白得可怕，却还是长舒了一口气，他打开了文件，是一段视频。视频中是一男一女，周牧羊一眼就认出了那名女子——闫晓楠。

"你说过，人在做，天在看……"颤抖地吐出了几个字，二十岁的周牧羊关掉了视频。

六

　　"我要去省城打工了，我爸说那样来钱快。"当西伯利亚送来了晚秋的第一股寒流时，却也送走了他校园生活里最不靠谱的同座——欧德斯基。

　　那年秋天，二十岁的周牧羊出门时发现欧德斯基正蹲坐在巷子口的电线杆旁抽着烟。离上次去歌厅还不到两个月时间，他吐起烟圈倒是越发熟练起来。

　　"我没有钱，不过走之前，我想给顾蓉蓉买个礼物。"欧德斯基摁灭了烟头，站起身，拍了拍屁股上的泥土，朝着马路对面的一个八九岁的小男孩走去……周牧羊本还想劝阻，直到他发现男孩怀里紧紧抱着的一沓闫晓楠的明信片，便冲上去直接给了他一巴掌，顺手夺过他怀中的明信片端详起来。自从那次走出网吧，这还是他第一次见到闫晓楠。

　　闫晓楠，你的微笑，你的举止，都好美。我

必将为之倾覆，为之沉沦……温柔地，亲昵地……
周牧羊将手往空中一扬，明信片散落一地。周牧
羊朝着落在最上面、笑容最灿烂的那张相片就是
一脚，嘴里的话下流得让他自己也不敢相信。

　　"你的钱呢！钱呢！"男孩正想要争抢，回
过神来的欧德斯基趁机抓住了他的肩膀，放开了
音量，伸出手又是一巴掌。男孩没有理会，悲恸
的嘶吼声震耳欲聋——那是他攒了好久才买到的
明信片！望着周牧羊脚下被践踏着的自己的偶
像——闫晓楠的笑容在尘土中破碎，却依旧
灿烂。

　　"你的闫晓楠死了！"周牧羊照着男孩的太
阳穴又是一拳，男孩晕了过去。周牧羊弯下腰，
直至将所有的明信片撕成碎片，这才瘫坐在地
上。在刚才的拉扯中，男孩口袋里的硬币撒了一
地。在阳光的照射下，散落的硬币美得像夜空中
一颗颗闪耀的星星。

　　周牧羊喘着粗气，他知道自己心中不会再拥
有闪耀的星星。

七

除夕夜，飘着大雪。

昏暗的灯光下，搓澡工一身横肉。

"来吧，小伙子，去去你一年的晦气。"搓澡的男人拍了拍垫子，示意让周牧羊躺下。周牧羊躺下了，他觉得垫子很松软。

"你我都不干净，可谁又知道呢？我就不信你没想过这些……你为她死去活来，她能知道吗？她就没有做过些什么见不得人的事情吗？"昏暗的灯光下，周牧羊又想起了几个月前欧德斯基的这段话；他又想起了闫晓楠，这一次却感觉她仿佛不再是高不可攀的存在；周牧羊又想起了新闻发布会上闫晓楠胸前大片裸露的雪白……

"小伙子，真是年轻气盛啊！"搓澡工嬉笑着。周牧羊下意识地挺了挺肚子，翻过身，他觉得这一刻并不应该拙劣得像一个孩子。

"捶吗，小伙子？"搓澡工狠狠地拍了一下

周牧羊的屁股，吹着欢快的口哨。

"敲重一点。"周牧羊没有多想，仅抬了抬屁股重新趴了下来。他闭上了眼睛，感觉那是一种享受，他感受到雨点般的拳头在自己的身后拍打，有一丝疼痛，却也醉人。他感觉有一点恍惚。

走出浴场，在除夕夜纷纷扬扬、温馨洁白的大雪泥沼里，二十岁的周牧羊滑进了曲折幽暗的小巷。

银色相机

一

　　陈光耀失踪两年，出现在项王故里，到奇宝斋，见哥哥陈光辉在谈生意，就把电工包撂在门边，出去抽烟。生意对象五短身材，戴明黄色安全帽，工人打扮，揣一块红绒布，包一尊板凳佛，巴掌大小，面部凹一块。工人说："东大街挖到城墙，底下拾到的，专家说是辽代的铜镏金。"陈光辉扫一眼，见皮壳被酸洗过，底座有水口，不想收。谁知对方一拍展柜，怒道："外面还有两兄弟等着分钱，过年不容易，多少给点。"陈光辉心里发毛，想与之周旋，到里屋找来磁铁，往佛像上一靠，听见啪嗒一声，于是试探说："料子不对，你来一趟不容易，给报打车钱，五十。"对方说不信，也要试，可手没握住，磁铁吸入镂空底座，拔不出来，于是喊来外面两兄弟。三人试了几次，嚷嚷说五百了事，最后两百块成交。

三人走后约莫一刻钟，陈光耀进了屋，脚踩新收的磨盘，笑着说："今天开张了。"陈光辉脸色发青，缩在柜台后面，抱怨道："你们当我少弦儿，一看就是惯犯，打一枪换一地。这东西批量的，厂里少说做了两百个，脸不对，给敲了，但底座有破绽，是仿真如禅寺座下莲花，民国的款。"陈光耀说："我刚刚在外面，听见俩高个的是本地口音，现在报警还能逮到。"陈光辉不听，仍自顾自分析，说："东大街我去了四五次，城墙是明代遗址，跟辽不沾边……"他还没说完，陈光耀提起电工包，一气儿甩他脸上。陈光辉揉揉腮帮子被砸出的红印，闭了嘴，捡起包，放上柜台。他掀开盖儿，见里面一捆一捆的，全是钱，惊呼道："发财啦！"陈光耀不吭声，点了一支烟，半晌说："还只是一部分，这两年做了点小生意。"

陈巍放学没回家，到东关口游泳。乾隆年间，这里是运河西一处码头，新中国成立后废弃了。陈巍站上石阶，河水冷清，北风沿岸吹过，芦苇倒向一边。他跑了几个来回，脊背发热，于是脱了羽绒服，开始拉伸。他想游到主航道，那儿有货船通行，天热时试过几次，都被野泳的大人制止。眼下，陈巍好容易游出码头，水流变得湍急，寒气顺肩胛骨缝直往身体里钻，只得挣扎游回岸边。等穿好衣服，天已经黑了。陈巍向西小跑，跃过马陵河，到项王故里。奇宝斋内，柜台摆了两个酒盅，一瓶洋河大曲，一袋王家熏肉，一盘油花生，一碟酱豆。陈光耀盘腿坐在柜台前，跟陈光辉聊天。听见门响，他回过头，见来人是陈巍，立马丢了筷子，将他搂入怀里，哭道：“孩子，苦了你，爸爸回来了。”说罢，他掏出一块手表，套在儿子手腕上，说，“回来得太匆忙，没什么准备，这表给你戴，我多得是。”手表是绿壳的，很小巧，表带是不锈钢的。陈巍胳膊细，袖口宽敞，手表像套圈一样，滑到胳肢窝，凉飕飕的。陈巍撸出来，端详老半天，不认识牌子，还是后来听同学说，表是劳力士的，防水性能好，能戴着游泳。

　　俩兄弟又喝几个来回，直到酒瓶见底，陈光耀东倒西歪，被儿子领回南菜市。回到家，陈光耀躺在床板上，陈巍到柜里找棉被。晚上九点，有人提锄头砸门。陈巍关上灯，蹲在地上，浑身哆嗦。一刻钟后，陈光耀醒了酒，从电工包里掏出一沓钱，开了门，甩在对方脸上，回屋睡了。那人捡起票子，见房门大敞，张望半天，怏怏地回去了。后半夜，陈光耀醒了，直吻儿子额头，说："有什么想要的，跟爸爸说。"陈巍还没缓过神，想了一夜，天亮时说："爸，我近视了，给我配副眼镜吧。"

　　第二天，陈巍验光三百五十度，配一副天蓝色的眼镜，世界一下不一样了。那几年流行亚克力镜框。眼镜店柜台上，水红的，紫罗兰的，蓝光的，镀金膜的，各种配件被展灯包围，镜片再反射，五颜六色的，漂亮得很。陈巍突然发现，远方的事物失而复得，一切变得与自己有关联。他鸟一样冲出门，向东走下坡路，一气儿到运河边，拨开灌木，在青石垒出的岸边，眺望远方。他终于看清主航道。采沙船成行通过，多数挂山东的牌照，边咆哮边往南。货船吃水更深，行进时，搅起底部的泥沙，在船的尾部形成两条长长的、褐色的道。陈巍站在岸边，回忆起旧日的梦想。那时，母亲没过世，陈光耀还没欠债，自己不必东躲西藏。他想做水手，离开故乡，到外面看看。

陈光耀以前是跑摩的的，到外面避债后，车子废弃了。配完眼镜，他回家烧了一壶热水，蘸湿毛巾将整车擦一遍，上好机油，出门时，坐垫还在冒热气。上了运河桥，车子驶向河东工业区，那有成片的厂房，不尽的烟囱。经过几天谋划，陈光耀决定收购一家印刷厂，它曾是国有企业，一直走教育局的单子，印些学生的算术簿和田字格，收入稳定。过去，南菜市的老百姓若在印刷厂工作，人前人后一股油墨味，说出去体面，走路也带风。收归私有后，厂子设备落后，又因工艺老旧，濒临倒闭。

蒸汽波

　　陈光耀找到厂长，说自己是下海归来的钟表经销商。签合同当天，他还邀请区领导出席。走完一套流程，他听说山东的卤鸭脖公司缺外包装袋，便买来四台二手的镀膜机，给塑料纸印花。开工第一天，厂房跑两轮样品，颜色都偏暗。陈光耀问遍厂里的技工，都说不出原因，只能到苏州工业园区找技术人员。忙活三天两夜，好吃好喝伺候，结果在染料缸里，发现几摊没溶解、漂浮的薄屎。

　　俩兄弟倒班，一个白日巡逻，一个夜里蹲点，还防不住，换了几批摄像头，清晰度都不够。甚至拍到棕绿的制服，是厂里员工，从废料管进出，可看不清脸。陈光耀到中央商场，预订了一台数码相机，顶贵的型号，有夜视功能。到货后，他连上充电器，正对染料缸，藏在流水线的夹缝里。过了两星期，终于捉到进料口的操作工。陈光耀问原因，小伙儿说："工厂辞了我刚怀孕的老婆。"他还交代自己是模仿犯，又供出三位前辈，他们都不承认，被送到派出所。民警做了笔录，对陈光耀的证据赞不绝口，说："这相机质量好，比刑警队配的还好。"陈光耀一拍胸脯，竖起大拇指，说："不可能不好，卖出去，能驮五箱洋河梦之蓝回家了。"这事过后，陈巍考试成绩不错。相机归了他。

二

逢年过节，区文联会找戏曲艺人到南菜市的民俗大舞台，演诸如苏北大鼓、拉魂腔等地方戏。改革开放之初，这里曾是肉联厂的摊位。帷幕升起后，店铺搬到北面门市，原先的铺面变成化妆间。演员都走了，房间因此被闲置，后来傅安国住了进来。傅安国八十八岁，脑子不灵光，他侄子住对面居民楼，白日到采沙船做工。傅安国没午饭吃，就挨家挨户讨。

开春后，天气暖起来。傅安国出了南菜市，沿运河向北，到了大王庙，见陈巍正拿着相机给一团点燃的杨絮录像，便把手揣兜里，倚着杨树看。身前的杨絮烧完了，陈巍装没看见，背过去拿打火机，一路烧到墙头，又烧回草垛根，一直

蒸汽波

到傅安国脚边。傅安国穿蓝棉袄、破棉裤，歪戴一顶雷锋帽，胡子拉碴的，笑眯眯地盯着陈巍，说："放假啦？"陈巍说："放了。"傅安国又说："吃了吗？"实际上陈巍没吃，但怕他来家里蹭饭，就说："吃了。"傅安国又问："你爸呢？"陈巍说："到苏南采购染料缸去了。"傅安国点点头，指了指数码相机，说："给我看看。"陈巍不情愿地递过去。傅安国单手接住，翻过来扫了两眼便还回去，撇嘴说："往日我外甥孙女也有个银色小相机，挺精致的，比你这个小，藏巴掌里就看不见了，拿绳子拴住，缩在袖子里，想拍就拍。你这个比巴掌大，没她的好。"陈巍心想：看你年纪大给你摸，倒蹬鼻子上脸了。还能有相机比我这个牌子好？于是他说："那敢情好，拿出来对比下。"傅安国说："多大点事，她住大王庙后边，我领你过去。"说罢，拽着陈巍往大王庙后走。

　　两人沿运河往北，穿过一片杨树林。四月里，空气的滋味清苦，杨絮飘落，雪白雪白的。陈巍容易过敏，怕红了鼻子被班里同学笑话，不

112

愿过去。傅安国把他护在身后，捂住他的鼻子，伸出一条腿，学部队的排雷兵，用腿试探地上的白团。不一会儿，棉裤就裹了一层絮，像庙会里插着小棍的棉花糖。到杨树林深处，有一排矮屋，风格与大王庙无异，只是偏房用空心的砖，仓促盖上蓝色铁皮隔挡。

傅安国在门前站定，敲门问："有人在吗？"

屋里静悄悄的，没人应答。

傅安国不甘心，双手砸门，又问："吃了吗？"

还没人答应，但窸窸窣窣有脚步声。

陈巍心生好奇，扒开铁门，顺缝往里瞧，见堂屋出来一个人，脑袋差一拳头顶到门框，得有一米九。他穿紫红色棉睡衣，长发。树林里，柳絮纷纷扬扬，到院内，像雪一样飘落。傅安国傻站着，又喊道："不吃了，是借银色小相机的。"那人顿住脚步，像怕外面察觉，水红棉拖鞋在地上蹭，搓出黑絮条。陈巍贴在门上，直至门缝的亮光被挡住——对方竟也凑近门缝，居高临下，往外观察。恰好与陈巍对视，吓得他连连退步。

傅安国还浑然未觉，喃喃说："没人啊，没人我们回去吧。"陈巍寒毛竖立，满口答应。

这事后来被陈光耀知道了。周五他回家，脖颈多了条金链子，足有拇指粗。他打开腋下新买的皮包，蘸着唾沫，数给儿子五百块钱，说："新机器已经到位，包装袋的事也谈妥了，长期合作，厂子可以扩大规模。以后跟着我，吃香的喝辣的。"晚饭时，他喝了两盅酒，搂住陈巍的脖子说："最近天不错，明早咱俩去东关口游泳，跟从前一样。"

次日阳光正好，微风吹拂着芦苇荡，正是游泳的好时侯。南菜市的居民喜欢野泳，一路都是熟面孔。陈巍跟在陈光耀的身后，突然发觉，一夜之间，世上的人都像矮了一头。见到陈光耀，他们的身体不由自主地前倾，怯怯地招呼道："厂长好。"反观陈光耀，精神头倍儿足，腰板挺直，咧着嘴，笑呵呵回应。金链子坠在脖颈前，在阳光下明晃晃的。父子二人一前一后，穿过熙攘的冰棍售卖处，路过火烈鸟、皮卡丘、蓝猫淘气等各色待售的泳圈。到入水的石阶前，陈光耀不顾他人的眼光，大方脱下衣服，扔进芦苇荡里，开始做拉伸。下水后，二人绕近处的小洲游了几圈，出了一身汗，上岸要了两瓶汽水。陈光耀掰开瓶盖，一口气喝了大半，突然提议道："咱俩比赛吧，看谁先游到泥沙道，再游回来。"说罢，他放下玻璃瓶入水，鱼一般往主航道游。陈巍不甘示弱，一猛子跳下水，脚蹬芦苇，也不管脚像被针扎了一下，奋起直追。

　　主航道唯一的货船，已经开走了好一会儿。陈光耀一马当先，游到它残留的泥沙道，边狗刨边等陈巍。陈巍铆足了劲儿，脑袋在水中浮沉。他觉得胸闷，要返航，可刚掉头，陈光耀追上来，拽住他的内裤，笑着说："我不在这几天，有没有做坏事？"陈巍暗叫不好。几个月来，他在学校日渐跋扈，肯定做了什么事被抓住了把柄。盘算后，他说："周二出操，我扒了蒋大龙的裤子。"陈光耀说："老师打电话说，那小孩哭了一上午。"陈巍说："以前我跟女生聊天，他扒过我裤子，也没见哭，还总是笑。我当时没配眼镜，看不清，他扒完我裤子就躲到人堆里，找也找不到。"陈光耀说："现在怎么敢了？"陈巍说："我爸回来了。"陈光耀哈哈大笑。

河道中心的水流变急，陈巍以为要回去，谁知陈光耀手没放开，问道："还有呢？"陈巍想了想，说："留傅安国在家吃饭了。"陈光耀说："那个人天天傻里傻气的，比你爷爷还长寿。给他吃什么了？"陈巍说："都是剩菜，菜罩底的香椿炒鸡蛋，还有前天的剩干饭。"陈光耀说："吃完他没给你磕头吗？"陈巍直犯迷糊，说："磕什么头？吃完就走了。"陈光耀说："我听你大伯说，头年傅安国的姐姐死了，他跟侄子住，侄子经常不给他饭吃。一开始，隔壁做车轮饼的还救济他，后来也嫌烦了。再往后，傅安国不知从哪儿学的，吃完饭，就笑呵呵地给人磕头，包括怀里的小孩，说谢谢大哥大嫂。你没让他磕头，可惜了……"河水的阻力越来越大，陈巍扭过头，发现南方运河的转角处又驶来一艘货船。他右腿发沉，像坠了铅块，打断说："爸，有船。"陈光耀扫了一眼，说："不急，再想想，傅安国找你那天，有没有别的事？"
陈巍只得把银色相机的事交代了。

　　货船逐渐逼近，已经开始鸣笛，东关口的人
都看向这边，只有陈光耀不着急，让陈巍慢慢
讲。陈巍说："傅安国领我去杨树林的矮屋。"
陈光耀瞬间冷下脸，问："你去的那家是不是姓
魏？"陈巍赶忙说："不清楚，是个长发男人。
爸，船快来了。"陈光耀充耳不闻，闭上眼说：
"你碰了他没有？"陈巍急了，说："我没碰，
他连门都没开？我们快回去吧。"他汗毛竖立，
甚至想脱了内裤光屁股溜出去，但陈光耀死死攥
住他的胳膊，说："你表叔看你从林子里出来，
不然还不知道。"陈巍哀求说："我知道错了，
再也不敢了。也没听说有表叔啊。"陈光耀冷哼
一声，松开陈巍的内裤，说："就是我回来当
晚，拿锄头堵咱家门的那个。"

　　货船离两人不足十五米，船员在前头咒骂。
船虽然减速，但眼看人要被吸进去。陈光耀高喝
一声，在水中翻了个跟头，身体打直，脚踩船
身，猛一蹬，推陈巍游回岸边。众人鼓掌叫好，

蒸汽波

　　陈巍瘫软在石阶上，见自己右脚划开一道口子，有食指长．渗了一脚血，脚踝还吸了两条蚂蟥。陈光耀找到牛仔裤，掏出打火机，烧蚂蟥的尾巴，边烧边说："让你在河里待那么久，一来，是让你长记性；二来，让你长胆子。我像你这么大，能横渡运河了。"忙活半天，蚂蟥吃痛，钻得更深了。父子俩只得打车，到市疾控中心。医生取完蚂蟥，陈光耀仍不放心，拉住陈巍体检。体检完已经是饭点，父子俩吃了两碗擀面皮，又挨五小时等结果，确定没染上病，才坐公交回家。公交停在南菜市站，天已经黑透。到了家门口，陈光耀让陈巍等着，自己进屋拿手电，再到杨树林。

　　运河西岸没有路灯，晚上一片漆黑。对岸的工厂还在运作，能听到切割金属的声音。货船从河上经过，冷光打上水面，翻出银色的褶皱。到杨树林边，风遇到障碍物转向，柳絮猛然多起来，直拂人的脸。陈光耀脱下夹克，裹住儿子的脑袋，说："这几天，我到枣庄，跟一群老板吃饭，有很大的收获。人家老板思想觉悟高，已经不考虑赚钱，而想着建立模式，像三星一样，成为家族企业。酒桌上，有一个生产塑料盆的，别看现在风光，身家好几千万，儿子走了都不愿意回来，当爹的愁得不行。所以我回来一路上在想，将来我老了，你得接手这个厂，再传给孙子，不能败了家产。"陈巍说："那我总得读大学，老师都说，知识改变命运。"陈光耀说："唉，是这个道理，但爸爸打拼两年，说实在话，外面太累。"陈巍说："总得看看才知道。"他望向父亲，后者沉默起来，低下头，两手用力拧电筒的电池盖。光线照射鼻梁，在腮边落出阴影。

　　两人到矮屋偏房。陈光耀通扫建筑，将手伸进砖与隔挡的夹缝，掐住一块砖，一用力，砖就碎了，落出一个拐角。陈光耀说："知道为什么带你来吗？"陈巍说："不知道。"陈光耀说："这家没什么外甥孙女，就住一人，叫魏山东，男的，跟我是发小，父母死得早，没人管，高中就辍学出去打工，也不知道干什么的，和南菜市的人没联系。直到你上小学，有一天，魏山东突然回来，披头散发的，脸色蜡白，街坊邻居都不敢搭话，只是背后议论，说染了一身病，成天躺在家里，不知靠什么生活。"

手电光沿墙的一头缓缓扫向另一边。陈光耀眼眶通红，鼻孔一张一合。他猛地握住拳，砖块很脆，猛地迸溅从指缝滑落。陈光耀说："你认得这料子吗？"陈巍摇摇头。陈光耀问："我辍学比魏山东早，想去印刷厂当学徒，奈何你爷爷没地位，我便只能跟着私人老板后面做泥瓦工。当初在南菜市附近，谁家盖房子，我就去搭伙，主家先谈好价钱，沙子、石灰自备，因为船上就有，几天一趟。他们站在岸边，远远喊一声，就有人划船过来。砖要麻烦些，一般我们准备，看人下菜。"

陈光耀说："这是用模具把沙石的边角料用水泥糊在一起。以前施工单位外墙用，现在都换了，因为一脚就能踹倒。你想将来住这样的屋子吗？"见陈巍不回答，他于是咳嗽一声，肺里清出一口浓痰，继续说，"我只有你一个儿子，很怕有一天你到外面我找不到你，最后和魏山东一样，拖着垮掉的身子回来。"陈巍说："不会的。"陈光耀说："不会就好，我们回去吧。"说罢，搂着陈巍往回走。

回到家，陈光耀翻出行李箱，拿出两袋卤鸭脖、一袋德州扒鸡，用微波炉热好。父子俩在院子里啃完。陈光耀帮儿子兑洗脚水，给他敷药，边缠纱布边说："别怪我对你这么严厉，就说傅安国，从前比你受气多，往日他爹妈在印刷厂还是中层干部，可惜嫌儿子丢人，不待见他。爹妈死了，傅安国才跟姐姐过。"关灯前，陈光耀又说，"下次傅安国再讨饭，给点好的，吃完别让他磕头。一来，男人要有骨气，看他磕头我心疼。二来，我怕将来你这样对我。"

三

父子二人在东关口游泳一周后，首长沿运河考察，到项王故里吃午饭。市文联请了鼓书传人牛宝山到民俗大舞台表演传统曲目。牛宝山唱了传统套曲《探营》，借虞姬的视角歌颂项羽。首长听完很激动，主动上前握手，笑说："唱得不错，我很佩服项羽，但他的故事太悲惨，老百姓茶余饭后听着心里添堵。有没有豪迈一点的故事，能展现万千气象的？"牛宝山吓出一身冷汗，想了想说："昔日乾隆七次下江南，走运河，六次停靠于此，留下不少传说。"首长说："运河是很好的文化载体，这里可有说头？"牛宝山上台，拿来祖传的鸳鸯板。它正面刻了一个鼓书艺人，在罗帷帐下唱戏，翻过来，是一首乾隆的诗：远自湖北三千里，近到江南十六州。美景一时观不透，天缘有分画中游。

政府要振兴运河，打造旅游风光带。陈光耀听说拆迁是两个月后的事。他想要扩建房屋，得更多补偿款，不料南菜市是统一修建，主屋偏房多长多宽，都有图纸记录。

陈光耀到厂里找几名工人，决定在家后栽几十株樱桃苗。施工时已经快入夏，天气炎热。自从当了厂长，陈光耀在办公室居多，皮肤变得娇贵。虽然害怕工人偷懒，每日督工，但到底遭受不住紫外线，要回屋歇凉。空调房里，陈光耀喝了两壶茶，肺里还是一团火，便在出门前撕开一根小布丁，含在嘴里。

自留地对面也是户人家，几个妇女在门前择毛豆。女主人的丈夫在运河东岸的工业区给折叠伞装骨架，工业区紧邻印刷厂。陈光耀昔日好赌，打掼蛋输了女主人不少钱，如今却吃着雪糕，对着工人颐指气使。女主人心里不悦，仗着人多，吆喝说："到底是老板，兜里阔，天还没多热，就有雪糕吃。"陈光耀听了一愣，望向妇女，再低下头，正好看见自己酒红色的西裤。阳光照射下，裤脚褶皱处有银线在闪光。反观一旁的下属，昔日国有印刷厂工人的身份，如今都背心工裤破布鞋，或戴一顶草帽，汗直往下流，却头也不敢抬。陈光耀心里很得意，以为妇女在夸自己，嘴上谦虚地说："这算什么！"说罢，让陈巍到家拿几根雪糕。

工人铲地，碰见蚯蚓就挑出来，丢到一边。陈巍刚好放假，蹲在地上，正端着相机拍蚯蚓蠕动，听见陈光耀喊他，便数好人数，回屋拿小布丁分发。妇女们得了雪糕，个个欢天喜地，吃人嘴短，不免客套几句，更夸得陈光耀像飘上了天。陈巍发完雪糕，手里还剩了一根，正疑惑，有妇女说："你进屋的工夫，李小芸洗好毛豆已经往北走了。"陈巍只得去追，到大王庙前，见对方端着不锈钢盆，已钻进杨树林。李小芸二十二岁，发育完全，身上要什么有什么，最令陈巍向往与害怕。他不敢搭话，一路尾随，直到李小芸叩响魏山东矮屋的门。门很快开了，露出一条缝，李小芸溜进去。

这几年，陈巍已经知道男女的事，想起陈光耀口中的病，怕李小芸出意外，忙跑去阻止。眼看门要关了，他身子一顶，摔到门内，撞进魏山东怀里。陈巍抬起头，见魏山东国字脸，两颊还有痘坑，皮肤黝黑，穿绿色方格睡衣。李小芸知道他是送雪糕的，把盆放一边，说："你自己吃吧，太凉了，我不吃。"陈巍说："我爸说了，阿姨们都必须安排。"魏山东夹在两人中间，打趣说："李小芸算哪门子阿姨？顶多是姐姐。"说罢，坐到一旁洗衣机上去。李小芸乐了，接过小布丁，塞到魏山东手里，说："人家亲自跑过来，不好不吃，你吃吧！"魏山东便撕开包装袋，将小布丁叼在嘴里，见陈巍还站在门口，于是说："雪糕也送到了，还有事吗？"陈巍担心李小芸，不敢轻易离开，便说："傅安国告诉我，你有一台银色相机，很小巧，上次你没在家，这次我想看看。"魏山东跳下洗衣机，手贴着裤缝使劲搓，说："看相机做什么？"陈巍说："我也有一台，是我爸在中央商场电器专柜订购的，日本发货，南菜市独一份，傅安国却说你的更好，我不相信。"魏山东把雪糕棍歪到嘴巴一侧，上下打量陈巍，说："你的是什么相机？给我看看。"

陈巍取出相机，魏山东把各个功能试一遍，拍了几张李小芸的照片，爱不释手，在手里反复摩挲，说："确实很不错。"陈巍问："和你的比呢？"魏山东说："我的相机确实比你的小，但没有显示屏，所以没你的好。"陈巍说："拿来看看。"魏山东说："丢了。"陈巍问："怎么丢了？"魏山东抓抓脑袋说："当时我在苏南，想要北上，搭枣庄的采沙船，临时做铲沙工，谁知道船长给的活多，不给睡觉，到东关口我就跳船了。"陈巍问："你会游泳？"魏山东说："能游，但水性不好。"说罢，他将脑袋伸到门外，确定四下无人，将门反锁，说，"外边人多口杂，咱到里面讲。"

两人说话的工夫，李小芸早给毛豆沥水，到偏房洗衣物。陈巍跟魏山东到了堂屋，见最里面是一台熊猫电视，配了光碟机，靠西墙有一张铁架床。港风女郎主题挂历被一张张撕下来，贴满四面的墙。魏山东从床底下拖出一只皮箱，开了锁，翻出一件牛仔外套，皱巴巴的，袖口等部位被磨白，白里泛黄。他将外套摊到铁架床上，捋平袖子，手指左袖口一块白色、方正的印痕，说："相机跟了我多年，在船上一直不敢拿出来，包括在这之前很长一段时间，它一直藏在我的袖口，用防水袋装着。这外套容易缩水，洗完后很紧，我胳膊一弯，就能感觉到它的存在，方方正正的，在我的左袖口，压着我的臂膊，很踏实，很舒服。"陈巍问："到底怎么丢的？"

魏山东说："采沙船一路北上，到东关口，

126

我突然想家了，也可能不是。反正采沙船不是人待的，统共一个船长，连我俩船员。正午行过东关口，我正在翻沙子，见许多人在游泳，便头脑一热，扔了铲子，从船头跳下去。我水性不好，临走抱一个浮标，黑色橡胶的。船长在后面的驾驶室，隔一层玻璃吼道：'你到哪去？'可船到底没为我减速，继续向北，于是我划到岸边……"
陈巍打断说："你的相机掉水里了？"魏山东说："这时还没有，它套了防水袋，又被我用帆布缝在袖里，密密麻麻缝了几层，可以说万无一失。总之我跳下船，回到南菜市，回到我童年的家，可父母已经不在，锁也生锈，是我用砖头砸开的。进了房间，发现不知什么时候屋子已经被清空，只剩电视和铁架床。我翻沙子太累，顾不了那么多，倒床板上就睡。醒来饿得不行，出去找吃的。出来时，外面一片漆黑，只有河对岸有亮光。我一路往南，记忆里，南菜市是热闹的。可我到垃圾倾倒区，翻了几十个垃圾桶，只捡到烂菜帮子。没办法，我偷了几袋落在干货店门口的木耳，就这样过了几天。后来一天晚上，

蒸汽波

我照样出来找东西吃。当时差不多跟今天的天气一样，快入夏，我寻思捡点野菜煎着吃，可刨了好几个坑都没找到，就这样落寞地回来了。到桥底，见两高一矮仨男的围住一个女孩儿，一看就喝醉了，不知天高地厚。你应该能猜到，那女孩儿就是李小芸，幼师毕业被分配到骆马湖的职工幼儿园实习，下晚班舍不得打车，花几小时走回来。那晚，她穿了一件白色的紧身短袖，短裤，斜刘海儿，上面别了红黄蓝绿的发卡。我这人好打抱不平，上去就是一拳，仨男的扑过来，打不过我，就一高个的清醒。我一记左勾拳，那男的挨住了，脑袋往前顶我，磕到我袖里的相机，还喊着说，有暗器。我一想，糟了，虽能轻松撂倒他们，但相机保不准被磕碰到，就想拉李小芸跑。这一跑输了士气，高个的拽住我的袖子，说：'给我看看，藏的什么？'另外两人醉得像烂泥，手也搭在我袖子上，缝线就这么被扯烂，相机摔到地上。矮胖子一看说：'哟，还有相机呢。'然后使劲去抢相机人倒在地上，相机也被带扔到河里。"

陈巍问："相机里有什么？"魏山东做一个暂停的手势，倚堂屋门向外看，确认李小芸在洗衣服，便关上门，坐回床边，小声说："这事我不跟别人说，更不能让李小芸知道，怕她担心。我的工作很特殊，有人想害我。"

陈巍说："所以你是卧底，是秘密警察，《无间道》那样的？"

魏山东点点头说："差不多，我是一名调查记者。"

陈巍问："什么是调查记者？"

魏山东说："记者里最危险的一类，隐藏在黑暗的角落，把丑恶曝光。"

陈巍问："你是调查什么的？"

魏山东说："我不能说，媒体要负责，在没有足够证据前，一切只是猜测。我不能说。"

陈巍说："总可以透露点。"

魏山东问："你多大了？"

陈巍说："我读六年级，已经考完试，下学期就升七年级了。"

魏山东问："你是不是有门课叫思想品德修

养？"

陈巍说："是。"

魏山东说："那我更不能说了，你还在念书，三观还没形成，老师教你礼义廉耻，我也希望你始终相信，这世界有爱存在。"说罢，他在床上盘腿，闭目养神。

陈巍只得转移话题，改问相机的下落，说："你没下水去找吗？"魏山东说："我水性不好，相机掉桥底下，那里有桥墩，水流弱，应该不会太远，甚至还在原处。但实不相瞒，我觉得，这是它最好的归宿。我选择北上，是为了逃离危险，要知道，其实这里也不安全，他们指不定何时找上门。相机没有显示屏，回来后，我没有电脑，一直没看我拍的照片，但我敢肯定，里面已经有了决定性的证据，如果这事被捅出来，会引起恐慌。"陈巍说："我还活得好好的，南菜市还在，东关口还在，这个世界还在，说明相机一定还在河底某处。"魏山东点点头说："没错。但这一切已经过去，由它去吧。"

说罢，魏山东又跳下床，环视房间，随后喊

道："李小芸，遥控器放哪儿去了？"李小芸正在烧饭，抹了沾油的手，推开堂屋门，说："枕头底下找找看。"魏山东一摸，果然在那里，便到电视柜前，摸出厚厚一摞光盘，挨个翻找。陈巍没见过光盘机，觉得稀奇，于是问："你在找什么？"魏山东说："一部电影。"陈巍凑上去，光盘封面全是英文的，他不认得，只得继续问道："什么电影？"魏山东说："我之所以成为一名记者，是因为大学时看了一部片子。"李小芸还没回去，听完笑道："你别信他，这人嘴里没一句实话，他没上过大学。"魏山东说："我上过。"李小芸说："好，你说说看，哪所大学？"魏山东说："我在复旦，学新闻传播，一直读到硕士。"李小芸乐了，说："美得你，还'孵蛋'，孵出金蛋都没用，二十六个字母你背全了吗？"魏山东讪笑一声，扭过头对陈巍说："咱别理她，虽然她这么说我，我还得感激她。我从外面回来，大家跟避瘟神一样，只有她照顾我，可惜我们精神不在一个层次。"李小芸说："是是是，你有文化，我给你做牛做马，看你能多活几天。"魏山东说:"无所谓,我继续说,这片子还挺出名的,名字我不记得了,但知道是意大利导演拍的,拿过金棕榈奖。对了,你喜欢什么电影?"陈巍想了想,说:"《海贼王》,它主要是剧场版,但有几部电影。我喜欢大海,那里啥都有可能发生,但我没看过,也只在南菜市附近兜圈子。"魏山东点点头,说:"你说的电影也不错,可能我们的兴趣不一样。"说罢,继续埋头找光盘。

翻了四五遍还没找到,魏山东将一摞光盘撂到床上,说:"我这里还有别的电影,快放暑假了,感兴趣的话,以后你可以来看。"

此后,陈巍每天吃完午饭就跑到魏山东家,坐在铁架床上看光盘,一直待到太阳落山。

四

搭上卤鸭脖公司的路子,陈光耀没日没夜地泡在工厂。他本来都打定主意,让儿子到家门口学校上学。直到开学前几天,他回到家,见李小芸站在家门口，穿一条米黄色的碎花裙，盘起头发，用夹子夹住，还抹了鲜艳的口红。陈光耀说："走开，南菜市谁不知道你？到我门口再被议论。"李小芸问："你儿子在家吗？"陈光耀说："门还没进，我哪里知道？他放暑假，喜欢瞎转悠，也许在同学家，也许在运河边，也许在他大伯店里。"李小芸说："我知道他在哪里。"陈光耀冷哼一声，不愿搭理。李小芸不紧不慢，脚上的棕羊皮鞋在地上画圆，过了许久说："在魏山东家。"陈光耀掏出钥匙开门，说："你们的招数我已经知道，别再想骗我。"李小芸说："这次不骗你，我刚从他家来。"陈光耀说："我教育过陈巍，不要找魏山东，为此他的腿还被蚂蟥吸。"李小芸补充说："还往墙上吐了唾沫。"陈光耀心里一紧，问："谁告诉你的？"李小芸说："那晚你在外掰砖，我就在里面烧饭。怎么样，既然在门口影响不好，不该请我进去吗？"陈光耀冷哼一声，进了屋，却把门开着。

李小芸到客厅，坐上单人沙发，说："阔了这么久，摆设倒没变。"陈光耀整理公文包，放到里墙大桌上，又搬一张板凳，坐到房间对角。李小芸说："你儿子爱看电影，魏山东家正好有光盘机。自从放暑假，他一有空就去。"陈光耀说："你是找我的？"李小芸说："魏山东和我是恋人，你对他有误会，我得解释。"陈光耀说："不必和我解释，南菜市那么多张嘴，你解释不过来。"李小芸说："除去父母，你是我信任的为数不多的人之一。我知道你不愿意陈巍接触魏山东，所以来告诉你。再者，魏山东最近是有点反常，我也担心陈巍受到不好的影响。陈巍来看过几次电影，起初也一头雾水，后面看多了，能说出一二。魏山东见他有想法，就鼓励他多讲，甚至拿本子记下来，晚上翻阅，甚至逐字逐句背诵。我一开始觉得没什么，直到昨天下午，他们又一起看电影。陈巍走时自己关上门，可魏山东却在他走后突然跑到门边，将门反锁，眼睛紧贴门缝，死死盯着他的背影。我被吓了一跳，问他在干什么。他转过头，惊恐地跟我说，自己发现了一个秘密。"陈光耀问："什么秘密？"李小芸说："魏山东说自己认出了陈巍，他是坏人，是来抢银色相机的。"陈光耀说："我儿子就有相机，怎么可能抢他的？"李小芸说："不知道，所以我觉得很奇怪。"

魏山东家里，堂屋门虚掩，陈巍坐在铁架床上看光盘，魏山东在偏房拿菜刀剁矮板凳上的猪肉。陈巍说："这电影我已经知道结局，不看了，看不下去。"魏山东说："你这个暑假，学到不少东西，好好珍惜。"陈巍说："我不明白，为什么你收藏的这些电影里，故事都没有结局？让人很不过瘾。"魏山东放下菜刀，说："这才是现实，明天永远存在，但明天的事情谁也预测不到，所以很多事情不会有结局。"陈巍喝了两口说："超级英雄、警察、卧底、调查记者，最后都该得到好的结局。"魏山东说："人各有命，多数人平凡一辈子，庸庸碌碌，这才是生活本来的面目。"陈巍说："我不管，你要我看，就借我你的外套。我过一把调查记者的瘾，就不抱怨了。"魏山东到堂屋床底，打开皮箱的密码锁。他拿出牛仔外套，给陈巍披上，说："愿望总归是好的，但好人并不都能得到公正！"

说罢，又忙去了。

陈巍侧耳倾听，确定魏山东在偏房剁肉，于是俯下身子，手探入床底，摸出那只皮箱。果然没上锁。他将手伸进去，四处翻找，发现里面有一件棕绿制服，沾了不少纸屑，胸前的口袋很硬。一摸，还有张临时工作证，印着姓名"魏山东"。陈巍将工作证塞到口袋里，把皮箱放回原处，离开了魏山东的家。

陈巍回到自己家门口，陈光耀已经在等他了，见他回来，一把揪住他的衣领，问："那人把你怎么样了？"陈巍下意识问："你说谁？"陈光耀拽住他的衣领往上提，目光逼视着他。陈巍知道没办法隐瞒，只能如实回答："只看了电影。"陈光耀本来怒火中烧，听到这话，也不知道想到了什么，反而一下子冷静了下来，说："爸爸平时太忙，关心你太少，为了你的将来，还是送你去尚文中学读书吧。"

陈巍去了尚文中学，但是他心里还是在想：魏山东以前真的有一个银色相机吗？

五

南菜市北边是大王庙，再往北是一片杨树林，再往北不知多远，运河在那里转一个九十度的弯。尚文中学在北岸的湖滨新区，是一所寄宿学校，实行军事化管理。陈巍转学到尚文中学，刚待两周，已经很想逃离那里。他了解到，同年级有几个学生经常夜不归宿。几番打听，他找到领头的，给那人两百块，约定好某日某时带自己逃出学校。陈巍甚至以开运动会为借口，让陈光耀买了一身黑色速干运动衣，开车送到保安室，自己去取。想是夜晚行动不易被发现，若要渡河，身上也不至于湿漉漉的。

到了约定日子当晚，宿管人员照例透过铁门开出的小洞，拿手电逐一扫射床铺，清点名单。凌晨时分，房间外传来敲门声，来者示意陈巍下楼。一楼西边的寝室，男生们合力卸掉阳台的铁栏杆，翻出窗户，踮脚穿过砖头小路，到花坛。领头的先爬上太湖石，从顶部的孔隙掏出一床棉被，说是自己过冬用的，往铁栅栏上的电网一丢，其余人便争先恐后地翻过。轮到陈巍，领头的麻溜地跳下太湖石，蹲在栏杆边，让他踩着自己大腿过去，最后留在栏杆内，捧着棉被笑说："今晚挣到两百块，心满意足，就不出去了。"

　　除去尚文中学，运河以北是一片荒原，想去老城区，至少要沿主路往南，步行到彩塑运河桥。到桥边，陈巍与其他几个人告别，扭头钻入黑暗。远离马路的灯光，桥下是漆黑的荒地。上学时，汽车从桥上开过。依靠白日过桥的记忆，再往前走，应该也是一片杨树林，穿插着矮屋、草垛和农田。陈巍掏出相机，电源所剩无几。舍不得开闪光灯，只能凭借比显示屏小半的巴掌大的光源，寻求安全感。他俯下身子，将相机发光的屏幕冲向泥土地，勉强能看清干涸的车辙印。陈巍估摸出南方的位置，走了约莫二十分钟，相机没电了，只能凭借脚底对车辙的感受，摸索向前。再向前，应该穿过农舍小道，两边偶尔有人咳嗽，或犬吠。远方出现飘浮的灯火。陈巍很快意识到那是船，不由得加快脚步。足底逐渐变得泥泞，土路化作滩涂，直到一只脚踩到水里，鞋湿了大半，冰凉冰凉的。这里的河岸没有青石板，不知何时，无边的树木沙沙响。陈巍脱下鞋袜，脚趾扎入湿润的泥沙，望向远处的灯火。站在岸边，他忽然想起上次和陈光耀比赛游泳，对方不屑地说："我像你这么大，能横渡运河了。"想起爸爸，陈巍很恐惧，但又气不过，于是开始拉伸，在身体发热后，脱得只剩下速干衣。他从兜里翻出几只垃圾袋，把相机里三层外三层地裹好，确认不会进水，而后深吸一口气，向水中走去。

　　越靠近河的中心，水位越上升，漫过脚踝、小腿和膝盖。他摘下眼镜，将它别进速干衣屁股的贴身处，灯火瞬间变成模糊的光点。他右手攥住相机，越举越高，向模糊的光点进发，直到水漫过胸脯，才不得已放下手，开始游泳。这里的河水没有东关口码头的水清，埋下头，沙石滑过他的脸，塑料袋和水草粘在身上。陈巍立即转移注意力，控制呼吸。魏山东告诉自己，他搭过要去枣庄的采沙船。而此前，自己到东关口游泳，

蒸汽波

总幻想有一天能离开南菜市。

光点逐渐变成光团，陈巍看清了船的轮廓。那真是条采沙船，十多米长，船身很矮，不比运货的船，翻上去不难。奇怪的是，船上虽隐约传来发动机转动的声音，可船不在行驶，似乎也没有抛锚。船在河面缓缓漂浮。陈巍游到船尾，见有塑料救生圈，用尼龙绳拴在侧壁的孔隙里，摸起来很稳当。他握住捆绑的绳子，胳膊用力，踩住救生圈的内壁，一气儿翻上船。落地时，金属甲板变形，砰的一声，吓得他僵住身子，确认没有脚步声，才放下心来。他从速干裤里掏出眼镜，戴好，踮起脚，扶住舱室的墙壁，身子往船头挪。走到转角处，那里有扇贴"福"字剪纸的窗户。船舱里的灯还开着，照亮外面运作的空调外机。前面是几堆砖头、半人高的电缆线圈、几个倒扣的水桶，还有比甲板矮半身蒙了绿帆布的硕大沙石堆，更远就看不清了。陈巍翻入电缆线圈，刚好可以藏住身体，借线路的缝隙，能看见窗户里的情况。

船舱里，一位妇人正给孩子喂奶。她估摸孩

子吃饱了，可关上灯，孩子又哭起来。开灯再安抚，还是不管用。哭了一会儿，蚊帐里的男人也被吵醒，恐吓道："再哭让老猫给你叼走。"妇人在一旁，心里有火，还嘴道："毛一文，给你能成什么样子！"叫毛一文的男人不吭声，妇人唱道，"小轮船，摆四方，一气儿摆到河当央，大米干饭调洋糖，小米干饭调肉汤，端起碗来想俺娘，俺娘不吃穷人饭，金大爷、银大爷，来到俺家歇一歇……"毛一文彻底没法睡了。他起身掀开蚊帐，说："你先哄着，我到外面吹吹风。"说罢，走出船舱，打着手电筒，从另一侧的楼梯上去，到船舱二层，边走边说，"让我看看，能钓到什么大鱼。"

顺着手电光，陈巍抬起头，发现不知何时，头顶悬了一条长竿。它从船舱二层伸出去，一路向船头方向倾斜。毛一文操作机器，发动机声越来越大，直至变成轰鸣。长竿在船头的一边缓缓抬高。船舱里，妇人骂道："非要现在弄，孩子刚睡着。"毛一文喊说："把灯关上，别让岸上的看见。"妇人忙去关灯，四周陷入黑暗。转子

的轰鸣还在继续，整艘船都在震动，还有金属被
挤压的声音。陈巍屏住呼吸，野风吹来潮湿的空
气，他感觉有东西靠向自己。妇人抱怨道："叫
你慢一点，慢一点，是不是有水啊？沙子都湿透
了。"陈巍没反应过来，隐隐感觉有巨大的物体
在头顶移动。他几乎下意识抬起左手，劳力士的
表壳啪嗒被什么吸住。陈巍向下猛拉，手表发出
脆响，有水落在自己头顶，紧接着，巨大的物体
撞到船舱。妇人一声尖叫。

　　毛一文说："没事，湿了就湿了，要我看，
今晚的货还挺好。"

　　说罢，转子的声音渐弱，有重物落地。

　　妇人低吼道："轻一点。"

　　毛一文说："再低就吸船上了。"

　　他开始来回踱步，铁皮的顶发出脆响。

　　妇人问："有什么货？"

　　毛一文说："别慌，我开手电看看。"

　　妇人也麻溜地打开灯，推开窗户，探出头来。

　　陈巍蜷缩在电缆线圈里，生怕被发现，一动
也不敢动。他勉强抬起头，往上瞟，见长竿高高

抬起，一个秤砣状的物体悬在船舱之上，底部磨得锃亮，正往下滴水。

毛一文在翻找货物，片刻说："乖乖，这回划算了，有一辆轮椅。"

妇人靠在窗边，听得津津有味，关切地问："值钱吗？"

毛一文说："海绵垫泡烂了，只剩下骨架，但轴承转得松快，就当废品卖，也值一两百。"

妇人问："还有什么？"

毛一文说："两小捆钢筋，铸混凝土的，锈得不成样子，三十块。"

妇人又问："小东西有什么？值不值钱？"

毛一文说："还有十几块硬币、仨螺丝帽、一个表壳。"

妇人疑惑："表壳，什么表壳？"

毛一文说："手表的玻璃盖，配绿色的环。"

妇人问："不是完整的手表吗？"

毛一文说："不是，估计磁铁沉在水底，船一直走，表被拖烂了。"

妇人叹了一口气，关上窗户。

男人将东西归纳好，放下长竿，磁铁再次落入河。

陈巍忙检查自己的劳力士，表壳果然被吸去，指针也不见踪影，表盘歪到一边。掀起来，下面是塑料的模块，嵌一块纽扣电池。再后面，黄色胶水粘了一块增重的铁片，看样子被水泡了有些日子，已经生锈。他心里一沉，原来爸爸送自己的是粗制滥造的假表。不知过了多久，陈巍的脑袋变得昏沉，身体躺在电缆里，心中一尊巨大雕像的外壳开始剥落。夫妻二人进了屋，关上灯。采沙船晃晃悠悠，还在前进，似乎要到远方。

它会开到哪里？是苏南，是枣庄，还是世界的尽头？

毛一文六点起床，心里还是很激动。用电磁铁一个月，夫妻昨晚统计战果，挣了不少钱。毛一文咧着嘴，挤了牙膏，哼歌在船上散步，如同战胜归来的海军军官。经过窗边的电缆线圈，毛一文听见呼噜声，扒开电缆，里面缩着个熟睡的男孩，戴天蓝色边框的眼镜，穿沾了泥和杂草的黑衣，手里有一台银色相机。毛一文吓了一跳，抄起地上的竹竿去捅，见对方醒了，又用另一头指对方的脸，说："你给我出来！"陈巍听话地爬出来，一直被毛一文逼到栏杆一侧，几乎逼到河里。

毛一文夺去他的相机，藏到身后，说："偷我的相机，说，你怎么上来的？"

陈巍不说话。

毛一文到杂物堆找出一根铅条，捋直，横在陈巍面前，威胁说："快点告诉我，不然手用铅条拧上，嘴堵死，送到山里挖煤，你爹妈都不知道。"

陈巍这才说："我要去枣庄或者苏南？"

毛一文一愣，说："不是偷东西的。"

陈巍说："不是。"

毛一文说："也不是偷拍东西的？"

陈巍说："也不是。"

毛一文打开相机，鼓捣半天，确认自己没被偷拍，将相机装进自己兜里，说："我们的船不去枣庄，也不去苏南。"

陈巍说："那去哪里？"

毛一文说："不去哪里，就在这段运河转悠。你哪儿来的给我回哪儿去。"

陈巍说："我没地方去，只有给你打工。"

毛一文说："我有人，不需要你。"

陈巍说："那我也没地方去，只有跳下船。"

七点前后，采沙船停在运河某处。帮工上了船，见到毛一文，亮出手里的塑料袋，赔笑说："今天停得够远，我好一顿找，早点都快凉了。"毛一文垮了脸，掀起白背心的下摆，露出褐色的肚子，拍了两下，指向船的另一头，说："你说晦气不，李叔，我今早刷牙，发现电缆堆睡一小孩。"船舱内，李叔将早点放上桌，隔窗户远远打量陈巍，说："这小孩看着面熟。"毛一文说："好好想想，他说要来打工，不瞎搞吗？"李叔又观察片刻，说："有点像陈厂长家的公子。"毛一文说："买印刷厂的阔佬陈光耀？你确定吗？"李叔说："这小孩嘴巴撇上天，跟陈厂长一副德行。"毛一文说："快点搞清楚，办好了我请你喝酒。"李叔想了想说:"传闻陈厂长家的公子有台银色相机,南菜市独一台,从不离身。"毛一文吓了一跳,拉开一旁的抽屉,里面是刚收走的银色相机。

他忙赶妇人上床,留出船舱唯一的凳子,正对着船舱唯一的桌子。李叔溜出去,装作不经意地与陈巍搭话,将他请进屋坐好,自己用碗盛好塑料袋,端到桌上,笑呵呵地说:"听说你想干活,可以,但你正是长身体的时候,不能饿肚子。"说罢,解开一个塑料袋,说,"这是皂河糁汤,此地一绝,天还没亮我就去排队买,毛老板不喝,你现在喝,还不凉。"紧接着,又解开另一个塑料袋,说,"这是正宗的黄狗猪头肉,软烂香糯,底汤是乾隆爷吃剩的,毛老板不吃,你现在吃,刚刚好。"毛一文不说话了,一个人歪在舱门口抽烟,头往外扭,眼睛却瞥向大桌。陈巍呼啦啦喝了大半碗汤,毛一文方才凑上前,拉开抽屉,取出银色相机,拍在桌上。毛一文扭头上了甲板,掏出小灵通,连打十几通电话,终于攀上陈光耀的电话号码。电话好不容易接通,

蒸汽波

对方冷冷地说："正开会，船开到东关口等着，我稍后去接。"李叔到舱门边偷听，折返回来，见陈巍自己拿好饼，卷起一把猪头肉，狼吞虎咽地吃下去。李叔倚在桌边，感慨地说："你爹好大的面子。我也住东关口，干这么些年，从爹爹伺候到儿子，也没见送我一次。"

陈巍吃饱喝足，出了船舱。他疑心要开始工作，便将相机挂在脖颈上，捡起沙石上的一柄铲子，站在甲板边，士兵一样等候指示，却见毛一文在驾驶室开船，李叔在甲板阴处乘凉，都没理会他。船迅速掉头，全力在水面浮行。两岸的树木向后倒去，风也舒服。到东关口，陈巍远远看见岸边有一个人，开始是一个小点，逐渐分出上下身。东关口是巨大的码头，上面的人如此渺小。等船逐渐靠近，陈巍猛然辨认出，那人是陈光耀。他面色铁青、双手握拳，面无表情地站在那里。采沙船越靠近码头，陈巍越恐惧。直到停靠稳妥，毛一文跳出驾驶室，主动要搬木板搭路，李叔也上前帮忙。缝隙还没对上，陈光耀早从一边的栏杆翻上船，走向陈巍。陈巍握紧拳头，想无论对方说什么做什么，自己绝不回去。可陈光耀没骂他，而是走到跟前，盯着他好一会儿，浑身发抖，最后嘴巴一咧，几乎两膝跪在地上，哇的一声哭出来。他哭道："好儿子，你以后想干什么就干什么，爸爸不拦你。只是别一声不吭就走，留我一人。"

六

运河之旅有惊无险，却给陈巍很大的启示。是啊，如果找一块强力的磁铁，用绳子拴住，伸到桥底，没准能捞到魏山东的银色相机。往后几天，这个想法一直在他的脑海里盘旋。尚文中学是不用回了，自有人到学校帮他拿回书本和衣服，只是转到附近的学校还需要几天。陈巍在东关口散步，一路溜达到项王故里，到大伯的奇宝斋。推开门，陈光辉正歪在躺椅上，把玩两枚"袁大头"。陈巍一拍柜台，说："我的磁铁呢？"陈光辉吓一跳，银圆滚到柜底，忙俯身寻找，抱怨说："咋咋呼呼的，等我有了钱，小子也换一副德性。找什么磁铁？"陈巍说："长条状的，红蓝两色，好几年前了，小学上科学课，磁铁隔着纸吸铁屑，观察磁场的轨迹。"陈光辉跪在地上，手夹在缝隙里，将银圆钩出来，自己灰头土脸。他说："有点印象。"陈巍说："别有点印象，想想啊，当时放抽屉里，旁边是海贼王的卡片。"陈光辉思索半天，终于说："记起来了，之前有人来卖佛像，我借来一试，能吸上去，假的，铸铁的，我早看出来了。"陈巍说："然后呢？"陈光辉指了西南角的茶柜，说："吸在底座里，拔不出来了，放在下面第一层。"

陈巍打开柜门，确有一尊板凳佛，巴掌大小，摆在柜子的最里面。他掏出来，试着拔几次，磁铁牢牢"长"在里面。陈光辉一摆手，说："别站在这儿，耽误我做生意。全送你了，当我赔罪。"陈巍将佛像装在兜里，一拍裤袋，里面的几枚硬币都没了声音——吸力很足。回到家，他找来几根跳绳，首尾相连，最后一根穿过佛像头与脖子的缝隙，手一提溜，佛祖便立起来。到运河桥墩，陈巍左手捏住尾部的一小截绳，右手掐着绳子中段，朝天空一丢，佛像落在远处的水里。陈巍站在岸边，来回踱步，揣测它在水下的路线，又到小卖部买了一根新跳绳，补足长度。可试了一下午，除去捞起几枚硬币，一无所获。陈巍怀疑水流将相机冲到下游，又或者魏山东记错了，将它遗忘在上游某处。总之，从那以后，无论春夏秋冬，南菜市的人傍晚打运河边走过，总是能看见一个男孩，放学后孤零零的，拖着一根跳绳，埋头走在沿岸的青石板上。

又过了两年，运河改造工程大力推进。北起杨树林，南至东关口，西岸要改建公园，沿途临时被砖墙封死。拆迁当天，陈巍挂上自己的银色相机，到施工地的边缘观望，眼见大摆锤推倒自家的砖墙。陈巍的家搬到远离河岸的安置小区，再想看运河，就得经过项王故里南面的真如禅寺。二月初八这天，陈巍照例去运河边寻找银色相机。

寺院和尚见他说："你丢了东西？这么重要。"

陈巍说："假如被坏人发现，世界就会毁

灭。"

和尚苦笑摇头，说："结帮你打好了，快去试试吧！"

陈巍便双手提着绳子，像拿着千钧重物，半信半疑地到运河边。红塑料布盖住东关口的施工砖墙，上面印刷着各种标语。掀起来，是魏山东家偏房同款的水泥砖，有几处被人掏了洞。陈巍俯下身，顺洞钻过去，发现昔日的民房全变成一片瓦砾。赤色的砖头与银灰的碎片，构成一片广阔的沙滩。陈巍踩上去，向桥墩靠拢，经过自家的位置，已想象不出它原来的模样。

到了桥墩底，他抛出佛像，熟练地来回走动，收起时一无所获。又跑到上游，忙活一通，折返回来，到下游去。最后凝视河面，身后突然传来和尚的声音："捞到了吗？"陈巍回过头，和尚正站在残碎的砖瓦上。河风拂过，岸边没了芦苇，摇晃的只有他的衣摆。和尚到跟前，环视整段运河，问道："你丢的东西在什么位置？"陈巍说："我也不确定，可能是桥墩底下。"

和尚来到桥底，扶着栏杆，侧身观察，片刻

后，突然提起衣摆，翻过栏杆，纵身跃向水面。陈巍失声尖叫，却见对方稳稳地站在水面上，于是惊喜道："你是武僧，会水上漂？"和尚说："你武侠片看多了。这桥墩周边不是空的，大概有块一米半的平台。多年前水位没这么高，平台露在外面，人能站上去。"说罢，提起衣摆，他的小腿没在水底。陈巍问："你怎么知道下面有平台？"和尚说："我喜欢钓鱼，出家前常到上面。那时候水浅，涨潮也不怕淹。夏天没空调，晚上不回去，毛巾、被子一铺，几个人就在这里打牌，不怕蚊子，凉快得很。"陈巍说："你觉得，我的东西会在什么地方？"和尚说："你还没告诉我是什么东西。"陈巍说："一台银色相机，比我手里的小一点。"

和尚蹲下身子，观察水面，过了片刻感叹说："以前水位还不高，不仅露出了平台，还有半人高的排水管道。这两年水位升高后，我估计这些地方都被倒灌了。"陈巍问："那还找得到吗？"和尚说："如果相机在管道里，多半是找不到了。不过两年前，市政在寺东边建了人工湖。施工队算好水位，便将东关口下面的蓄水池破开，想倒引运河的水。那晚我睡觉，听见巨大的水声。水压那么大，估计相机已经在湖里。"

陈巍说："我不相信，我一直住在这里，东关口下面怎么会有蓄水池？"和尚说："不然呢？市政道路不想下雨天被淹，地下就要建蓄水池。你上厕所不想浊物漫上来，下面就会有化粪池。"

两人返回真如禅寺，东边湖畔停泊着一只竹筏。和尚站上去，拾起长竿说："我带你去几处地方。"说罢，泛舟到河岸一处。他提起长竿，往湖上某处一指，说："我记得，这里曾是出水口的位置，你在这里试试吧。"陈巍便将磁铁沉入水中，片刻后提上来，却一无所获。试了几次，两人又泛舟到湖中央。和尚再次拿长竿，往水面一指，说："我记得，这里曾是湖底的一处洼地，你在这里试试吧。"陈巍开始尝试，提起时果然比以往沉些，磁铁露出水面，上面却只有绳子缠绕树枝，连带腐烂的水草。两人又划到湖偏西的位置。和尚说："这是最后一处，我记得，这里曾是湖底的另一处洼地。你在这里试试吧。"陈巍拎起绳子，水面之下，磁铁绕小舟转了两圈，绳子出水一米多，那头却卡住了。竹筏上，陈巍又换了一个方向，继续发力，阻力是小了些。待到磁铁出水，果然吸出一团植物包裹的重物，拨开上面的水草，真是一台银色相机。竹筏立即返航。岸边，和尚拍拍身上的土，说："天不早了，回去再弄吧。"说罢，便趿着湿掉的布鞋，拂袖离去。

陈巍想打开卡槽，却见电池鼓包严重，变形的塑料板卡住了开口。回到家，他找来螺丝刀，撬了好久，装饰的塑料外壳掉了几片，主体却完好无损。陈巍来了脾气，到单元楼下，举起相机，往地上狠狠一摔。水泥地露出硬币大小的白痕。再看相机，早碎成几块，指甲盖大小的内存卡被甩出来，飞上花坛的台阶。陈巍拾起内存卡，用纸擦干净，和自己银色相机配备的一模一样。他迅速跑上楼，将内存卡插到自己的银色相机里，没有反应，于是将卡拔出来，又找来橡

皮，将接口擦了又擦，忙活到天黑，可无论如
何，再也读不出内存卡。陈巍怅然若失，银色相
机的秘密永远无人知晓。